오늘만은 나랑 화해할래요

Es irrt der Mensch, solange er strebt.
인간은 노력하는 한 방황한다. - 괴테 「파우스트」 중

오늘만은 나랑 화해할래요

초판 1쇄 인쇄 2019년 5월 9일
초판 1쇄 발행 2019년 5월 16일

지은이 김민준
책임편집 조혜정
디자인 표지 심해수 **본문** 그별
펴낸이 남기성

펴낸곳 주식회사 자화상
인쇄,제작 데이타링크
출판사등록 신고번호 제 2016-000312호
주소 서울특별시 마포구 월드컵북로 400, 2층 201호
대표전화 (070) 7555-9653
이메일 sung0278@naver.com

ISBN 979-11-89413-76-7 03810

©김민준, 2019

이 도서의 국립중앙도서관 출판예정도서목록(CIP)은 서지정보유통지원시스템 홈페이지
(http://seoji.nl.go.kr)와 국가자료공동목록시스템(http://www.nl.go.kr/kolisnet)에서
이용하실 수 있습니다.(CIP제어번호: CIP2019016800)

오늘만은 나랑 화해할래요

Es irrt der Mensch, solange er strebt

김민준 산문

자화상

차례

1부

더 이상 무엇도 즐겁지 않다
떠나야겠다

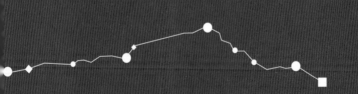

/.

글쎄, 잘 모르겠다. 나는 나를 위해서 글을 쓰기 시작했고, 오직, 나를 위해서 그것들을 엮었다. 기실 나는 그리 강하지 않은 사람이다. 내가 하는 일에 열정을 쏟은 적은 있으나, 내가 그것에 재능을 지니고 있었는가 하는 질문에는 확실한 대답을 내놓을 자신은 없다. 오늘날 내 지성은 가볍고 마음가짐은 연약하기 그지없다. 매일 아침 사람들이 바쁘게 직장으로 출근을 할 때, 나는 이불 안에서 스스로를 다독이기 바쁘다. 언제부턴가 나와 함께 뒤엉켜 있는 이 졸음들을 이겨낼 자신 같은 건 없다. 피로를 느끼면 잠을 자야 한다. 그렇지 않으면 머리가 너무 아프고, 아무것도 할 수 없는 지경에 이르니까. 왜냐하면 잠이란 것이 이렇게 내게 찾아오다가도 어느 때에는 며칠이 지나도록 나를 찾지 않는 날도 있기 때문이다. 나는 전적으로 그것의 방문만을 기다리고 있는 나약한 존재다.

2.

나 스스로가 한심하게 여겨질 때가 있다. 그건 꼭 육체
적인 아름다움이 쇠퇴하거나 업무적인 일에 있어서의
모자람을 뜻하진 않는다. 예컨대 너무 서운한 일 앞에
서 마음과 다르게 미소를 짓고 말 때 혹은 억울한 상황
에서도 애써 나를 다독이며 하고픈 말을 속으로 삼킬
때, 그리고 그 삼켜진 말들이 끝내 나를 할퀴며 내게
서 잠을 앗아갈 때, 그럴 때 나는 스스로가 참 미련하다
는 생각을 했던 것 같다.

그래도 어쩔 수 없지 뭐. 가끔씩은 미련하고 한심한 인
간일 수밖에 없는 게 살아가는 일이라고 인정해보는 거
지. 그렇게 스스로에게 말하곤 했지만 실상은 변화가
필요하다고 느끼고 있다. 지금 내 영혼은 방황하고 있
고 앞으로 어떤 방향으로 삶을 이끌어 나가야 하는지에
대한 의식 또한 부재해 있다.

가끔은 이 삶이라는 세계에서 내가 고아가 되어버린 것 같은 기분을 느낀다.

나는 어디에서 왔으며 왜 오늘에 이르렀는지 좀처럼 영문을 모르겠다.

3.

떠나야겠다는 생각을 했다.

더 이상 무엇도 즐겁지 않았기 때문이다.

내가 너무나 사랑했던 일들이 이제는 무모하고 부질없게 다가온다.

슬픔과 고독에 대해서 고민하다가 산다는 건 어쩔 수 없이 그 두 갈래의 길 위에서 영락없이 방황할 수밖에 없는 운명을 타고난 것인가 하고 내 신세를 한탄해보기도 했다. 까닭도 모른 채 울컥 차오르는 현실에 대한 권태는 언제나 침묵처럼 고고한 벽으로 내 앞에 당도해 있다. 어루만지면 너무 부드러워 눈물이 날 것 같지만 동시에 너무 차가워 차마 기댈 수 없는 그곳, 길고 긴 침묵. 아침이 오면 또 표정으로 내 감정을 가려야만 하겠지.

되도록 현실과는 전혀 다른 곳이었으면 좋겠다. 문학 속에 등장하는 미지의 세계처럼 깊고 아스라이 내 가슴을 파고드는 공간을 기다리고 있는 것이다. 아아 마치 '고도를 기다리며'를 연기하는 한 명의 무명배우처럼, 나는 그저 기다리고 있는 모양이다. 낙관적으로가 아니라, 철저하게 젖 먹던 힘까지 짜내어 그 순간을 기다리고 있다.

오지 않는 희망을 기다리는 연유는 무엇일까.
잡히지 않는 마음을 원하는 이유는 무엇인가.
아직 깨닫지 못한 자아를 꿈꾸는 인간은 누구인가.

지금까지는 어떻게든 막연한 두려움 앞에 가녀리게라도 버틸 수 있으나 서른이라는 나이에 찾아오는 합리적인 의심을 거두어들일 자신은 없다. 그 불안과 공포 앞에서 어떠한 저항도 할 수 없는 밤이면 책장 속에서 잠들어 있는 글자들을 깨워 하소연이라도 해보는 것이다. 나는 끊임없이 불안을 갱신하며 살아가고 있다.

5.

엄마가 아팠다. 누나에게서 엄마가 아프다고 문자가 왔
다. 대수롭지 않은 일이라고 생각했지만, 엄마는 정말
로 아팠다. 큰 병원에 가서 조직 검사를 했다. 의사선생
님이 담담한 어조로 내게 수술이 필요할 것이라고 말했
다. 하지만 아직까지 정확한 진단명이 나온 것은 아니
다. 우리에겐 희망이 있다. 연약하지만 간절한 희망. 눈
물이 나지 않았다. 이렇게 거대한 슬픔을 나로서는 한
번도 겪어본 적이 없었기 때문에 이 감각이 어떤 것인
지 제대로 파악할 겨를도 없었다는 듯이.

6.

사람은 저마다 슬픔을 극복해내는 방법도, 감정을 시인
하는 템포도 다르단 말이지. 모두가 같은 박자에서 눈
물을 흘릴 수는 없어. 조화를 이룬다는 건, 서로 다른
음에서 어색하지 않게 섞여든다는 거잖아. 그러니까,
좋은 친구라면 인내하는 거고, 기다리는 거야. 네가 그
감정을 받아들이는 데 필요한 시간만큼 충분히 웅크려
있어도 좋아. 때로는 몇 달이 걸릴 수도 있고, 심지어는
인생을 송두리째 거기에 쏟아야 할지도 모르지. 하지
만 함께 기다리는 거야. 약간의 지지대가 되어줄 뿐이
야. 벗어나려고 하지 마. 도망치려고도 하지 말고. 끌어
안는 거고. 인정하는 거야. 시간이 허락하고, 네 마음도
받아들일 수 있을 때까지. 세상의 시간이 아니라, 네 마
음의 박자에 알맞게.

1.

면밀해 말해서 요즘은 누군가를 사랑하는 것인지 사랑하지 않는 것인지 자꾸만 자문해보곤 한다. 어쩔 수 없는 과정이기도 하겠지만 어쩌면 그것은 참 안타까운 일이지. 조금 더 용기 있던 시절의 나는 어떻게 사랑할지를 고민했지, 이게 사랑인지 아닌지에 대해 고민하지는 않았으니까.

어느새 사랑은 분명해지지 않고, 나와 당신 사이에는 안개가 뿌옇게 자리 잡고 있다. 나는 당신을 어떻게 사랑해야 할까. 아니, 이것 또한 사랑이라고 말할 수가 있을까.

1.

책, 햇살, 창문, 영화, 커피, 포옹, 미소, 빗소리, 대화, 산책, 키스, 침묵…… 인생에서 자신을 가슴 뛰게 하는 무언가를 지녔다는 것은 더할 나위 없는 행복이지. 하지만 그러한 기쁨이 언제든지 훼손될 여지가 있다는 것은 각각의 행복이 지닌 거역할 수 없는 슬픔의 영역일 것이다.

결국에 그늘이 없는 행복은 없다.
그것을 깨닫기까지 수차례 일몰에 지난 시절을 울먹이곤 했었지.

9.

좋든 싫든 그리워질 거야.

왜냐하면 우리는 참 좋은 시절에 만났으니까.

어느새 걷고 있다. 왜 하필 이 길이었는지도 모르겠다. 나는 혼자만의 사색을 품을 수 있는 장소와 시간이 필요했고 그저 때마침 떠오른 곳이 이 길이었는지도…… 순례자가 되어 내 귓가에 첫 번째로 닿은 한마디는 부엔 까미노*buen camino*라는 말이었다.

그 짧은 말 속에 이 길 위에서 마주치는 모든 장면이 아름답고 소중한 시간이 되길 바라는 진심이 담겨 있다고 했다. 낯선 공간, 익숙하지 않은 소리와 풍경들, 알아들을 수 없는 언어와 새까만 거리 위의 외로움들, 난해한 내 마음은 휘청대며 자꾸만 길을 잃는다.

마침내 홍수저럼, 장대비처럼 쏟아지는 마음들에 영락없이 벌거벗은 한 명의 인간이 되어서 나는 그만 노트를 펼쳐서 이 느낌들을 빠짐없이 써 내려갔다. 그리곤

기도했다. 내 삶이 부디 잘못된 이정표를 따라 걸어온 떠돌이의 인생은 아니었기를. 현재 내가 걷고 있는 이 길 위의 태양은 지금까지의 삶과는 전혀 다른 방향으로 저물어가고 있지만 그럼에도 내 황량한 영혼에 부디 작은 희망들이 길을 밝혀주기를.

나는 결코 아무렇게나 휘갈겨 쓴 낙서는 되지 않을 것이다. 다만, 앙상하고 가여운 글씨로 스스로를 그 누구보다 사랑했고 끝내 그 고백을 이 삶 속으로 고스란히 실천해 옮겼노라고 또박또박 새겨놓을 것이다.

//.

기차를 타고 창밖을 바라보니, 내가 지금 어디를 향하고 있는지 무감각해진다. 빠르게 지나는 풍경들 속에 지난 시절 속의 내가 오래된 앨범을 넘기듯 스쳐 지나고 있는 것 같다. 기차 안에는 사람들이 그리 많지 않다. 다만, 배낭과 옷차림으로 나는 여기에 있는 몇몇의 사람들이 순례자라는 사실을 바로 알아차릴 수가 있었다. 눈인사와 작은 미소를 주고받고는 나는 다시 창 너머로 시선을 옮겼다. 사실 내가 순례자가 되었다는 사실이 아직 실감이 나질 않는다.

배낭 속 물품들을 다시 한 번 확인하는데 역시나 빠뜨리고 온 것들이 있다. 누가 그랬다. 순례자에게 가방의 무게는 욕심의 무게와 같고, 그 욕심은 두려움의 크기와 비례한다고. 나는 겁이 많은 사람이니까, 역시나 가방도 무거울 수밖엔 없는 거겠지. 하지만 이 길 위에서

내려놓을 수 있는 것이 있다면 좋겠다. 그것이 물건이
든, 마음이든, 나는 곧잘 자유롭고 싶으니까.

안녕. 나는 지금 국경을 지나고 있어. 내 몸은 어디에
도 소속되지 않았다는 뜻이야. 공교롭게도 이런 애매모
호한 경계에 있으면 확실히 깨닫게 되는 것 같아. 어떤
곳이 내게 어울리는 장소인지, 어떤 기반이 나를 이루
고 있는지 말이야. 하지만 이 길을 걷다보면 어느새 나
는 또 잊어버리고 말겠지. 내가 어떤 사람이었는지, 무
엇을 꿈꾸던 사람이었는지. 깨달음은 평범한 하루들의
흐름처럼, 늘 부둥켜안고 흘러가는 날씨처럼, 흐렸다가
짙어졌다가 그렇게 우리 곁에서 눈시울을 붉히고 있는
지도 모르겠어.

13.

길 위에 오르기 전의 일상들이 자꾸만 떠오른다. 권태로운 일상이 그리워진다니 산다는 일은 정말 알다가도 모르는 것 같다. 평소의 나라면 아침에 일어나 커피를 마시고 편의점에 가서 도시락을 사와 먹는다. 누가 물어보면 그냥 집에 있는 반찬으로 대충 밥을 먹었다고 둘러댄다. 원고 일정에 맞춰서 글을 쓰고, 내 작업이 없는 기간에는 다른 책의 편집일도 아르바이트 겸 도맡아 하고 있다. 책이란 건 내게 밥벌이다. 동시에 문학이라는 건 내 꿈이고, 평생의 소원이다. 나는 문학가다. 언어를 통해 이루어진 예술 체계를 사랑한다. 그리고 그것으로 밥을 지어 먹는다. 살림살이를 영위해 나간다. 언젠가부터 내 일상은 그것과 떼어놓을 수 없게 되었다.

14.

하지만 이따금씩 한계에 부딪힌다. 내 글에 대한 믿음
이 줄어들어 간다. 내 글을 읽는 사람이 조금씩 줄어들
까 봐 겁이 난다. 아슬아슬하게 내 꿈이 작아져간다. 내
가 지닌 희망이 흐릿해져가고 있음을 느낀다. 나를 평가
하는 소리들, 내가 추구하는 세계를 알아봐 주지 못하는
안타까움들, 나는 그것에 실망하며 때때로 흐느낀다.

더는 행복하지 않을 것 같다가도 드문드문 어떤 이야기
들과 문장들 속에서 하염없이 가슴이 두근거려서 또 다
시 펜을 들곤 한다. 벗어날 수 없어서 너무 두렵다. 마
냥 시와 나를 동일시하기에는 언제나 닿을 듯 말 듯한
그 가녀린 간격, 그럼에도 결코 해소할 수 없는 거리가
우리 사이에 존재하고 있다는 사실로 인해 마음이 마구
아려온다.

하지만 포기하지 말아야지. 내려놓지 말아야지. 외면하지 말아야지. 그렇게 살아가다 보니 지금 이 길 위에 있다.

15.

새로운 언어를 배운다는 건
낯선 곳을 여행하는 일과도 같아.
얼마나 깊이 느끼고 표현할 수 있어야 그곳이 내 고향
처럼 느껴질까.

나는 시옷을 발음할 때 약간 바람소리가 새어 나오는
데, 이제는 꽤나 그 소리에도 익숙해져서 너무 정확하
게 시옷을 발음해버리면 진짜 어른이 돼버린 것 같은
기분이 들어 묘한 아쉬움이 드는 거 있지. 가끔은 영영
익숙해지지 않고, 어눌하게 머물렀으면 좋겠다고 느껴
지는 것들이 있어. 아마 그래서 사람은 어딘가로 떠나
고 여행이라는 의미를 부여하는지도 모르겠네.

내 앞니는 살짝 벌어져 있는데, 다행스럽게도 내가 사랑했던 이는 그 모양새마저 좋아해주었다.

내가 웃을 때 조금씩 드러나는 그 벌어진 치아를 보며 당신이 지었던 미소를 차마 잊지 못해. 어눌하게 당신 이름을 발음할 때도 늘 예쁘게 웃어줬잖아. 내가 이렇게나 부족한데, 어째서 너는 나를 그토록 따뜻하게 바라봐주었던 걸까? 어째서 나는 당신의 연약함을 안아줄 수가 없었던 걸까. 어쩌면 정말 나약했던 건 나였던 것 같아. 당신이라는 틀에 갇히기 싫다고 말하면서 바보같이 늘 당신에게 기대고 있었던 것 같거든. 내가 무책임했어.

11.

오늘도 나는 배웁니다. 오직 인간만이 탄생과 죽음의
길 위에 놓인 것이 아니라는 생각이 들었습니다. 아침
이라는 시간도 어두운 밤하늘 차분한 고요함으로 흩어
져버리고, 우연히 나를 스치던 그 햇살도 언젠가는 이
세계를 벗어나 새까만 중력 속으로 소실되어 버리겠지
요. 내가 걷던 들판의 이름 모를 풀잎과 꽃들도 때가 되
면 모두 흙으로 돌아갈 것이고, 우리가 언젠가 주고받
았던 말들도 기억 속에서 잊혀져 소리 없이 멎어버릴
것입니다.

하지만 또 제 시간이 되면 어떤 말들은 다시 태어나고,
내일 아침은 다시 차오를 것이고, 달빛이 나를 비추며,
꽃들이 흩날리겠지요.

만약에 꼭 한 번 제게도 다시 생명이 찾아온다면 저로

서는 일몰이라던가, 한 줌의 단어였으면 하는 바람이
있습니다. 반드시 수평선 위로 포개어질 따뜻함이었으
면 좋겠고, 그리하여 작은 속삭임으로 당신 입술 언저
리에서 잠들기 전 다시 한 번 발음해보고픈 그리움이
되려 합니다.

18.

새벽부터 눈이 내렸다. 그칠 줄을 모르고 내리던 눈은 오후에 조용히 멎었다. 산맥으로 향하는 길은 폭설로 막혀버렸고 길게 늘어진 우회 길을 따라 외롭게 하염없이 걸음을 옮길 뿐이었다. 외로웠다. 왜 산티아고를 가야 하는지 나는 스스로에게도 적당한 답변을 내어놓지 못하고 있다. 그저 그곳에 가면 꿈에 그리던 무엇이 있을 것만 같다. 하지만 나는 그게 어떤 모습인지, 어떤 향기를 지녔는지, 작은 단서도, 기억도 지니고 있지 않다. 그저 막연히 그곳으로 가는 중이다.

하지만 공교롭게도 첫날부터 이틀 치 일정을 걸어야만 했다. 물론, 자의는 아니었고 단순한 오해 때문이었다. 본래는 눈으로 뒤덮인 산을 넘은 뒤, 오래된 성당에서 하루를 묵을 작정이었으나 정오가 다 되어갈 무렵 도착한 알베르게는 굳게 문이 닫힌 상황이었다.

문을 두드려보아도 아무런 답변이 없었다. 아직 해가 지기까지에는 충분한 시간이 있으나, 시차 적응도 하지 않은 채로 새벽부터 산맥을 넘어온 내 다리는 그만한 여력이 없는 상태였다. 그러나 그런 막막함 앞에서 내가 할 수 있는 일은 그저 묵묵히 다음 목적지로 걸음을 옮기는 것뿐이었다.

겨울 까미노에는 순례자가 그리 많지 않다. 혼자서 조용히 사색을 즐기기 위해서는 최고의 조건이나 이 길에 대한 정보를 공유할 수 없다는 점에서 그것은 큰 두려움으로 작용하기도 했다. 나중에 알게 된 사실이지만 알베르게 숙소들은 생각보다 시간을 철저히 지키는 편이다. 본래 예정된 숙소는 오후 2시에 문이 열린다고 했다. 열어야 할 시간이 되면 열고, 닫아야 할 시간에 문은 닫힌다. 그러나 순례자 사무실에서 받은 알베르게 오픈리스트와는 다르게 공식적으로는 열었다고 알려져 있지만 겨울철에는 운영을 하지 않는 시설들도 많았다. 2시를 훌쩍 넘긴 시간 이었음에도 내가 방문한 숙소들은 문이 닫혀 있었다. 하염없이 걸었고 문을 두드렸으나 아무런 응답은 없었다.

내 삶을 사랑하려고 그저 이곳으로 떠나왔건만, 모두들 침묵으로 일관할 뿐이었다. 예컨대 대답 없는 마음에게 진심을 외친다는 건 크나큰 장애물 앞에 당도한 작은 생명과도 같지 않던가. 눈물이 핑 돌았다. 언제나 내 사랑엔 장애물이 너무 많아서.

19.

43킬로미터. 첫날 20킬로그램 배낭을 메고 걸어야 했던 나의 거리다. 도중에 산티아고를 가리키는 노란 표식을 잃어버려서 길도 없는 산길을 걷기도 했다. 내 몸은 만신창이였고 신발은 진흙투성이였다. 더군다나 해가 저물어가고 있었다. 시곗바늘이 7시를 가리키고 있다. 벤치에 앉아서 멍하니 하늘을 바라보다가 막막한 심정에 한숨을 쉬며 고개를 뒤로 젖혔다. 이윽고 세상은 거꾸로 펼쳐졌고 거기엔 작은 글씨로 '*Albergue*'라는 팻말이 있었다. 노크를 하자 관리인으로 보이는 아주머니가 나오셨다.

—이곳도 문을 닫았나요?
—지금 보는 것처럼 문은 열려 있습니다.

돌아보니 그제야 풍경이 아름다워 보였다.

#가여운 소년과 막다른 길 위의 순례자

— 꼬마야 왜 혼자 거기에 웅크리고 있니?

— 어머니께 거짓말을 했어요. 저는 두려워요.

— 아이야, 네가 걱정하는 것보다 너의 어머니는 마음
　이 넓고 자상한 분이실 거야. 너를 세상 누구보다 사
　랑하고 계시지. 지금 이 순간도 집으로 돌아오지 않
　는 너를 걱정하고 있을지도 몰라.

— 아니요. 제가 정말로 두려워하는 건 그 자상함인 걸요.

— 뭐라고?

— 그 숭고한 어머니의 사랑에 흠집을 낼까봐 두려워요.

나는 그 아이의 말을 듣고 지구 반대편에서 나를 기다리
고 있을 우리 어머니를 떠올렸다. 엄마, 너무나 다정한 우
리 엄마. 내가 우리 가족을 떠올리느라 잠시 한눈을 판 사
이, 어느새 작은 소년은 사라져버렸고 내 앞에 나타난 것
은 술에 취한 젊은 청년이었다.

— 저기, 괜찮아요? 당신은 지금 비틀거리고 있다구요.

— 친구가 가버렸어요. 내 유일한 친구가……

— 네!? 여기엔 줄곧 나 혼자뿐이었는데, 아니 작은 꼬마 아이가 한 명 울먹이다가 사라져버리긴 했지만 혹시 그 소년을 말하는 건가요?

— 이봐요, 순례자 양반! 그 아이가 바로 나라고요. 당최 무슨 말을 하는 건지!

술에 취한 청년은 연신 딸꾹질을 하면서 슬퍼했다.

— 잘 이해가 되질 않지만, 이쪽으로는 길게 이어진 길 하 나뿐이니 가다보면 친구를 만날 수 있지 않을까요?

— 그는 언뜻 냉소적으로 보일지는 몰라도 따뜻한 사람 이에요. 적어도 자신에게만은 그럴듯하게 꾸며낸 말 을 하지 않아도 된다고 나를 다독여주곤 했죠.

— 친구 이름이 뭔데요?

— 그의 이름은 '데미안'이에요.

나는 입을 틀어막았다. 그리고는 격앙된 목소리로 그를
재촉할 수밖에는 없었다.

— 혹시 당신이 '싱클레어'라고 말하려는 건 아니겠죠?

— 제 이름은 어떻게 알고 계시죠? 어쨌든 전 친구를
  만나러 가야겠어요.

— 이봐요. 지금 내가 당신에게 이런 말을 하는 건 조금
  웃기는 일이지만 아주 오래전에 당신의 이야기를 들은
  적이 있어요. 그리고 한때 길을 잃은 내게 당신이 했던
  말이 지금 당신에게도 꽤나 도움이 될 것 같아요.

— 당신은 참 특이한 순례자네요. 그게 어떤 말이죠? 혹
  시 제 친구를 찾는 데 도움이 될 수 있을까요?(이 말

을 하는 와중에도 싱클레어는 딸꾹질을 하며 비틀거렸다.)

— 조금 더 이 상황에 맞게 의역을 해야겠지만, 귀를 기
울여 주세요. 그리고 기억하세요.

'하지만 우연이란 결코 존재하지 않는다. 무언가를
절실하게 추구하는 사람에게 정말로 그러한 일이 다
가온다면, 그것은 그에게 주어진 단순한 우연이 아
니라, 자신이 지니고 있던 내면의 욕구와 그것을 쫓
는 행위들이 그를 그곳으로 인도한 것이다.'

포기하지 마세요. 데미안이 우리에게 말해주었잖아
요. 자신의 내면에 귀를 기울여야 한다고. 그러면 여
전히 우리 안에 그가 있다는 걸 깨닫게 될 거라고 말
이에요.

이윽고 어지러움과 함께 나는 꿈에서 깨어났다. 하지만
어렴풋하게 내 기억 속에서 싱클레어의 마지막 독백이

새어 나오고 있음을 알 수 있었다.

— 인간에게는 한 가지 의무 이외엔 아무런, 도무지 아
    무런 의무도 없는 것이다. 자신의 길을 더듬으며 나
    아가고 자신 속에서 확고해지는 것. 어디를 향하고
    있든지 말이다.

아마도 지금쯤 그는 격렬하게 울려 퍼지는 전쟁의 포화
를 뚫고 끝내 데미안과 마주했을 것이다. 거울을 보니
배낭 끈 모양으로 어깨에 시퍼렇게 멍이 들어 있었다.
새벽이 차오른다. 다시 걸어야 한다. 내 안에서 단단해
지며 스스로의 길에 더욱 확고해지기 위하여.

20.

순례자가 되기 위해서는 순례자들만을 위한 여권을 만들어야 했다. 걸음이 시작되기 전날, 순례자 사무실에서 마주친 하나의 물음 앞에서 나는 꽤나 심각하게 고민을 해야만 했었다.

— 직업이 무엇이지요?

혹시나 당신이 나의 친구라면 알고 있을는지. 나는 어디에서 스스로를 작가라고 말하는 걸 조금 꺼려한다는 걸. 그것은 구체적인 이유가 있어서 그런 건 아니고, 딱히 자신도 없고, 직업으로 인해 나라는 사람에 대한 편견이 생기는 게 싫어서 그런 것 같기도 하다. 하지만 나는 마음 안에서 다짐했었다. 오늘만은 용기를 내어야지! 그리곤 목소리를 가다듬고 말했다.

— Je suis écrivain

나는 작가예요.

쥬 쉬 에크리벙. 어째서 그 발음만은 기억하고 있는지 까닭을 모르겠다. 대학에서 불어를 전공한 사람치고는 유난히 미숙한 실력임에도, 다른 건 다 잊어버렸지만 그 문장은 발음도, 철자도 잊으려고 해도 잊을 수가 없다.

21.

아직 해가 차오르지 않은 거리는 어두웠고 나는 그저 저 멀리 닿을 수 없지만 언제나 반짝이고 있는 별빛들을 보며 막연히 걸었다. 닿을 수 없는 무언가를 바라보며 아름답다고 생각하는 마음은 어떤 뜻을 품고 있을까. 하지만 그런 생각도 잠시, 어느새 태양이 차오른다. 까미노의 새벽은 온통 핑크빛 기류가 하늘을 감싸고 돈다. 이 풍경 앞에 서면 어느새 지난밤 서글펐던 기억들은 잦아들고 한참동안 넋을 잃은 채로 기억을 되감아보게 된다. 사실 길이란 건 지면에만 있는 게 아니라, 마음 안에서 더 많은 갈래로 이어져 있는 것 같다. 내 안에 수많은 길 위에서 끊임없이 시행착오를 겪다보면 끝내 당신에게로 가는 길 위로 안착할 수가 있을까.

어쩌면 당신이라는 세계에서 나는 영영 길을 잃어버려도 좋았을 것이다. 당신에게로 가는 길이 당신에게서 떠날 수 있는 문이 되기도 했다는 걸 조금 더 일찍 알 수가 있었다면 나는 그냥 길을 잃어버린 채로 영영 그 안에서 방황하는 것에 만족했을는지도 모르지.

22.

헤밍웨이가 사랑한 도시.

숙소에 도착해서 순례자 여권에 도장을 찍자마자, 욱신
거리는 다리 통증을 완화시키기 위해서 찬물로 샤워를
했다. 온몸이 떨리고 힘겨웠지만 과도한 사용으로 부어
있는 근육을 진정시키는 데에는 역시 차가운 물과 얼음
만한 것이 없으니까.

짐을 풀고 일정을 체크하기도 전에 침대에 누워서 멍
하니 눈을 깜빡거렸다. 손을 뻗으면 2층 침대의 프레임
이 바로 만져진다. 협소한 공간에서 그럼에도 내 몸 하
나를 누일 곳이 있다는 게 다행스러우면서도 마음 깊은
곳에서는 진짜 내 집의 정겨운 분위기와 자유를 그리워
하고 있었다.

그때 내 옆 침대에 새로운 순례자가 도착했다. 금발의
곱슬머리, 눈이 마주치면 생긋 멋진 미소로 화답해주는
호주 청년, 로키였다.

23.

살아보지 않은 시간에 대해 불안해합니다. 펼쳐보지 않은 책에 대한 편견이 두터워지듯이. 아직 만나보기도 전에 지레짐작으로 상대의 마음을 떠올려보고, 이미 말을 꺼내기도 전에 부정의 방향으로 인식을 전환하고 있습니다. 하지만 그것들은 그저 느낌일 뿐이고, 어디까지나 뭉뚱그려진 생각일 뿐이었겠지요.

우리는 필연적으로 아직 실체가 없는 그 무언가에 대해 두려워합니다. 뜻 모를 거부감이 마음속 어딘가에서 소매 끝자락을 끌어당기며 조심하라고 말합니다. 나는 그 모든 앞당겨진 결론들 앞에서 허무와 피로를 느끼기도 하였지만 때때로 예상과는 다르게 꽤나 유쾌한 사유를 경험해본 적이 있는 것도 사실이지요. 두려움 속에서 전혀 상상하지 못했던 사랑을 경험해보기도 하였습니다.

결과적으로는 지금껏 조망해오던 그 느낌들에게 미안한 마음을 지니고 있을 뿐입니다. 실은 대상 그 자체가 아니라, 스스로가 지닌 방어기제에 기대어 내가 지닌 두려움을 다른 어딘가로 떠넘기고 있었던 경우가 많았다고 생각합니다. 분명, 예감이라고 하는 것이 결코 전부를 설명하는 근거가 될 수는 없음에도, 언제나 불안에 잠식되어 눈을 감아버렸습니다. 제대로 눈앞의 대상을 바라보지 않았습니다.

망설이는 이유들, 그 가장 큰 동기는 언제나 내 안에 있었다는 걸 나는 이제야 실감할 따름입니다. 내게 찾아온 불행을 감추려고 너무 애쓰지 않아도 된다고, 미래에 대한 불확실함으로 너무 빠른 걸음을 재촉하지 않아도 된다고, 빛나는 행복으로 나 자신을 치장하지 않아도 된다고, 그렇게 스스로에게 말할 자신이 없어서 나는 외로웠던 것 같습니다. 너무 자신을 나무라고 자라 왔던 탓에 평범한 듯 보일 수는 있었으나, 어느새 제가 사라진 기분이 듭니다.

우리는 본질적으로 자신이 처한 상황과 환경 그 자체를 바꾸진 못하겠죠. 삶은 대체로 서운함 쪽으로 더 많이 기울어 있다고 생각합니다만, 길 위에서 마주한 것은 오직 곧은 것만이 균형을 유지하는 것은 아니라는 진실이었습니다. 균형이란 각자에게 알맞은 구조로 이루어져 있지요. 다만, 살아가는 대로 살아질 뿐입니다. 그 말인 즉, 자신에 대한 믿음이란 그저 스스로가 막연히 자신에게 주는 선물인 것이지 특별한 근거나 방법에 의지해서 되는 건 아니라는 뜻인 것 같습니다. 당신에 대한 믿음은 스스로에게 허락하는 작은 선물입니다. 선물은 군이 특별한 날에만 줘야 하는 건 아니죠.

아니, 실은 모든 날은 소중하고 특별한 건지도 모르겠
네요.

24.

로키는 멜버른 대학에서 경제학을 전공했고, 이후 런던
으로 유학을 떠나 대학원을 졸업했다고 했다. 그는 회
계사로 1년 일을 하다 회사를 그만두었다. 자신을 행복
하게 하는 건 숫자들을 분석하는 게 아니라 사람들과
즐겁게 이야기를 나누고 대화하는 일이란 걸 마침내 깨
닫게 되었다는 것이다. 아니, 이미 오래전부터 알고 있
었지만 비로소 인정하기로 한 것인지도. 그는 현재 런
던에서 푸드 트럭을 운영하고 종종 여행을 떠난다.

그리고 우연치 않게 우리는 이 길 위에서 만나게 된 것
이다. 나와 로키는 같은 또래였기 때문에 대화가 더욱
잘 통했다. 그는 나를 위해서 영어를 천천히 발음해주
었다. 나의 짧은 영어로 인해 간간히 생각나지 않는 단
어들이 있을 땐 우리는 퀴즈의 정답을 파헤쳐가는 기분
으로 그 단어의 뜻을 풀이해나갔다.

때마침 팜플로나에 대학생 몇 명이 순례자를 위한 무료 마사지 봉사를 나와서 우리는 지친 근육을 좀 풀고—우리가 비명을 지를 때마다 학생들은 신이 난 듯 박수를 쳐댔다—근처 테라스에 앉아서 시원한 맥주 한 잔을 들이켰다. 레몬 향기 진하게 풍겨져 나오는 맥주였다. 더불어 핀초스라고 불리는 스페인 바스크 지방의 전통 음식을 주문했다. 작은 빵 위에 여러 가지 재료들이 올라가 있고 그 중심을 꼬챙이로 고정해놓은 형태의 음식이었다. 모처럼 배가 부르니 세상이 너무도 평화롭게 보였다. 아무쪼록, 감정의 허기도 맛있는 음식을 먹듯이 간단하게 채워질 수 있다면 좋으련만.

25.

자신이 좋아하고 선망하는 누군가가 생전에 머물렀던
장소를 방문하는 경험은 아주 특별한 느낌을 자아낸다.
구마모토에서 나쓰메 소세키의 생가를 찾아갔을 때와
마찬가지로 이 도시는 내게 오랫동안 아름다운 장소로
기억될 것이 분명하다.

오래된 레스토랑에 들어가 주문을 하는데, 한쪽 벽에
반가운 사진 한 장이 걸려 있었다. 여름이면 열리는 '산
페르민 축제'의 행렬 속에서 환하게 웃고 있는 헤밍웨
이의 모습이었다. 그가 얼마나 이 도시를 좋아했었는지
에 대해서는 여기에 머물며 친구인 피츠제럴드에게 쓴
편지 속에서도 종종 드러나는데, 그의 비유에 따르면
이곳은 '천국과 가까운 곳'이었다.

그는 브루게떼 *braguete* 에서부터 팜플로나 *pamplona* 사이에

있는 마을에 머물며 소설을 쓰고 술을 마시고, 소중한 이를 그리워했겠지. 아마도 이 자리에 앉은 나처럼 레몬 향이 가득 담긴 맥주 한 모금을 삼키며 멀리 저물어 가는 석양을 바라보기도 했겠지.

눈앞에 펼쳐진 광경을 보며 나는 잠시 할 말을 잃었다. 섣부르게 소리를 내었다가는 모처럼 마주치게 된 이 순간이 저 멀리 달아나버릴 것 같아서. 광장에서는 산책을 하는 연인이 사랑스러운 눈빛으로 서로를 바라보고, 벤치에 앉은 노부부는 말없이 미소를 지으며 같은 방향을 응시하고 있다. 비눗방울을 불며 달리는 꼬마, 강아지와 공놀이를 하는 사람들, 테라스에 앉아 저녁 식사를 하며 대화를 나누는 시민들의 웅성거림들까지, 그 모든 것이 마치 본래 한 폭의 풍경이었던 듯이 조화롭게 이 도시 안으로 스며들고 있었다.

아름답다는 말보다 더 아름다운 표현이 필요해서, 나는 그저 아무 말도 하지 않았다. 오직 침묵만이 그 느낌으로 다가서는 길이라는 듯이, 잠시 동안 내가 나인 것조차 잊어버린 채로 나는 그 순간에 동화되고 말았던 것이다.

맥주 한 잔이 다 비어갈 때쯤, 그가 왜 이곳에서 글을 쓰고 싶어 했는지 새삼 알 것 같았다. 그리고 문득 떠오른 것은 그의 소설 《노인과 바다》에서 주인공의 이름이 무려 '산티아고'였다는 사실이었다.

26.

사람들은 감정에 자기 스스로의 모습을 투영한다. 그러니까 슬프다는 생각 속에는 슬픔만이 존재하는 것이 아니고, 내가 슬퍼하는 방식이 있다. 부끄러움 속에는 단순히 부끄러움 자체만이 있는 게 아니라, 자신이 부끄러워하는 이미지들이 있다. 사랑이라는 마음 역시 마찬가지일 것이다. 사람들은 자기 자신이 지닌 사랑의 형식에 나와 상대방을 대입한다.

어쩌면 사랑했던 사람들이 서로를 조금은 다른 모습으로 기억하는 건 지극히 당연한 결과일 수밖에 없겠지. 우리들 마음에 지닌 사랑의 방식도 형식도 그것에 대한 태도와 행동도 모두 다 다른 모습으로 이루어져 있을 테니까.

우리는 역시나 다르다. 관계를 맺는다는 건, 그렇게 다른 사람들끼리 모여서 새로운 감정의 알고리즘을 형성하는 것일까. 마음을 좀처럼 예측할 수 없는 것도, 언제나 그 끝이 내 기대와는 다른 결말로 치닫았던 이유도, 알고 보면 우리들이 다 다르게 사랑하였기 때문은 아닐까. 심지어는 한결같다는 말 속에서 느껴지는 분위기조차 사람들은 다 다르게 느낀다.

21.

눈의 고장에는 눈을 표현하는 단어들이 많고 하늘빛이 다채로운 나라에는 색감에 대한 수많은 표현들이 존재하지. 많이 느끼고 경험할수록 표현은 세분화되고 느낌은 정밀해지는 거야. 사람도 마음도 다 그 연장선에 있는 것 같아.

_21._

까미노에서 만난 외국인 친구들이 내 이름을 발음하기 어려워하기도 하고, 잘 기억하지도 못할 것 같아서 조금 더 쉬운 별명이 있으면 좋겠다는 생각이 들었다. 내게는 간단하면서도 의미가 있는, 마치 심플하면서도 세련되고, 우아하면서도 과하지 않은 그런 느낌적인 느낌(?)의 별명이 필요했던 것이다.

효율적인 표현인 동시에 그 속에 존경과 애정의 뜻을 담고 있는 말, 고심 끝에 내가 정한 호칭은 '님'이라는 표현이었다. 그 이름은 한용운의 시, 〈님의 침묵〉에서 표현하는 바와 같이 이 길 위에서 만나고 헤어짐을 반복하는 우리들의 감정을 고스란히 담아내고 있는 듯 했다. 친구들이 나를 님 혹은 님아 하고 부를 때면 온라인 채팅을 하고 있는 것 같은 기분도 들고 동시에 내가 오래된 시의 주인공이 된 듯한 기분도 들어서 마냥 좋았다.

이 길 위에서 나는 누군가를 만나고 헤어지는 일을 반복할 것이다. 내가 만난 사람들 중 누군가는 자전거를 타고, 누군가는 도중에 버스나 기차를 타기도 하고, 누구는 걸음이 조금 빠르고 또 누군가는 한 마을에 며칠씩을 머물기도 하겠지. 하지만 나는 그들이 가는 모든 길과 걸음이 옳다고 생각한다. 자신이 가야 하는 길을 스스로 정한다는 것은 외부의 생각과는 무관하게 그 자체로 멋진 일이니까.

나는 처음부터 끝까지 두 다리로 걷기로 했다. 사람들이 '님'은 진짜 빨라, 님은 오늘 정말 멀리에서 왔어, 라고 말할 때에도 내 걸음이 빠르고 체력이 좋다는 이유로 감히 우쭐함을 느끼거나 으스대고 싶지는 않았다. 나는 그저 내가 가져온 짐의 무게를 오롯이 내 몫이라 생각하고 받아들이는 것뿐이니까.

어쩌면 우리는 한 번 스쳐 지나며 서로의 안부를 묻는
것으로 인연이 다했다고 생각할 수도 있겠지만 길 위에
있다면 우리는 어디에선가 우연히 만나게 될 것이라는
예감이 들었다. 산티아고는 그런 곳이니까.

— 만날 때 떠날 것을 염려하는 하는 것과 같이, 떠날
  때 만날 것을 믿습니다.

그 한 줄의 시가 이 길 위로 굽이굽이 이어진 능선처럼
펼쳐져 있다. 님과 함께한 당신들 모두에게 평온과 사
랑이 함께하기를.

29.

다른 사람들 인생을 강박적으로 질투하고 참견하고 나무라는 건, 자기 삶에 대한 낭비라고 생각해요. 조금의 불편함에 세상 자체를 비난해버리는 건 사실 너무 쉬운 방법이잖아요. 그건 평등과 권리를 주장하는 게 아니라, 그냥 자기 스스로에 대한 불만을 다른 무언가에 대한 비난으로 발산하고 있을 뿐이라고 봐요. 어쩌면 너무 외로워서 그런 건지도 모르겠네요. 화를 내기보다는 차라리 너무 외롭다고 솔직하게 이야기하는 게 더 용감한 거라고 봐요.

30.

숙소로 돌아오자 다른 순례자들이 분주하게 내일의 걸
음을 준비하고 있다. 몇몇은 이미 잠을 청하고 있었다.
양치를 하고 자리에 앉아 다리를 주무르고 있는 찰나,
한국인 아저씨 한 명이 내게로 와 인사를 건넸다.

— 저기, 한국분이시죠?
— 네. 안녕하세요!
— 반가워요. 며칠 만에 같은 나라 사람을 만나니까 기
  분이 좋네요.
— 저도 반가워요.
— 혹시, 저녁 식사는 하셨나요?
— 네. 저는 방금 먹고 들어왔어요.

저녁을 먹었다는 나의 대답에 아저씨는 침울한 표정을
지었다.

— 음, 아직 식사 안 하셨어요?

— 그게, 실은…… 제가 한 번도 혼자 밥을 먹어본 적이
  없어서요…….

피곤해서 얼른 잠을 청하고 싶었지만 아저씨의 모습이
금방이라도 울어버릴 것 같은 얼굴이라 나는 내가 할
수 있는 선에서 도울 것이 있다면 도와주리란 마음을
먹었다.

— 저…… 그럼 제가 앞에 앉아 있어드릴까요?

— ……정말로, 고맙습니다.

부엌으로 들어서니 아저씨가 봉지에서 한국라면 두 개
와 사과를 꺼냈다.

— 제가 끓여드릴까요?

— 아니요! 제가 하겠습니다. 한국에 있을 때는 밥을
    직접 차려먹은 적이 없는 사람이었는데, 이제는 스
    스로 해보려구요.

라면에 물은 조금 많고, 사과를 깎는 솜씨도 여간 아리송
할 만큼 어색했지만, 아저씨는 이 길 위에서 나름대로 자
기만의 성장을 이룩하고 있는 듯 보였다. 내쫓기듯 명예
퇴직을 했다는 그는 몇십 년 동안 같은 회사에서 같은 일
을 하다 마침내 '일'이라는 것으로부터 벗어나 한 명의 '인
간'으로서 앞으로 자신의 삶을 어떤 방향으로 걸어 나가
야 할지 고민해보고자 이 길 위를 걷고 있다.

그의 삶에 있어 진정한 명예란 어떤 의미였을까. 한 명
의 인간이자, 남자로, 집안의 가장이면서, 한 사람의 사

랑하는 남편, 든든한 아버지로서, 많이 위축된 그의 어깨가 조금씩 굳건한 자부심으로 단단해졌으면 좋겠다는 생각을 했다.

31.

조촐한 시간, 그러나 매일매일 빠짐없이 지속되고 있는
행동들은 나의 삶에서 소중한 의미를 지니고 있기 때문
에 계속하여 반복되고 있는 것이다.
그것에 어떤 철학이 담겨 있다고 정확하게 설명할 수는
없지만 만약에 그 행위가 없다면 어딘가 어긋나 있는
느낌이 들 수밖에 없는 과정들이 있다.
반복되는 행동은 의미를 지닌다.
그 의미들이 우러나서 마침내 한 명의 인간이 되는 것
이다.

그러니까 나는 아침에 눈을 떠서
그날그날 기분에 맞춰 음악을 들으며
커피 한 잔과 함께 멍하니 창밖을 바라보는 인간일 뿐,
그 이상 그 이하도 아니다.

만약에 창도 음악도 없는 곳이라면 어떻게 하냐구?

눈을 감고 여기 이곳에 하나의 낮은 선율과 조그마한

창이 있음을 믿어볼 테지.

형태는 중요하지 않다.

그 꼴이 괴상하고 우스꽝스러워도 좋다.

내 마음이 어긋나 있지만 않다면.

내 마음만 어긋나 있지 않다면.

32.

+82

잠이 들 무렵 내 머리 맡에서 작은 진동과 함께 별이 빛
난다.

— 민준 씨, 잘 지내고 있나요? 오랜만에 민준 씨 책을
읽었는데 많이 위로가 돼요. 고마워요. 처음 읽었을
때와는 또 다른 기분이지만, 여전히 좋네요. 뜬금없
지만 고맙다는 말을 해주고 싶었어요.

이 세계 어디에선가 지금도 내 글을 읽어주는 누군가가
있다는 고마움이 짙은 밤의 호수에서도 여전히 그 빛을
잃어버리지 않는 별처럼 유려하게 넘실거린다. 비록 내
가 가난하고 남루하여도 나의 문장들은 사랑을 기억한
채로 희석되지 않으리.

#텅 빈 욕실에서 들려오는 침울한 울음

이른 새벽녘 알람이 울리기도 전에 눈이 떠졌다. 온몸에서 통증이 느껴질 정도로 고된 일정이다. 아마 아직 몸이 이 길에 적응하기 위해선 시간이 좀 더 필요할 것 같다. 어제 널어둔 빨래를 걷는데, 안타깝게도 양말이 아직 덜 말라 있었다. 나는 조금 슬퍼졌다. 하지만 빨래 집게가 있으니 가방 바깥에 잘 널어두면 오후의 햇살과 함께 틀림없이 잘 마를 것이다. 그렇게 생각하고 받아들이는 것은 중요하다. 현상 그 자체가 아니라, 그 현상이 나와 잘 화음을 이루며 진행될 수 있다고 믿어보는 것은 내부적으로 자신을 의기소침하지 않게 하는 첫 번째 걸음일 테니까.

졸린 눈을 비비며 들어선 욕실 안에는 샤워기 물소리가 차분히 울려 퍼지고 있었지만, 곧이어 그 소리의 틈에서 미세하게 스며 나오는 낯선 이의 울음소리가 있음을

알 수가 있었다. 그것은 있는 힘껏 눈물을 쏟는 소리가
아니라, 가까스로 울음을 참고 있는 시퍼런 멍과도 같
은 눈물이었다. 아직 렌즈를 끼지 않은 내 눈가에는 욕
실이 온통 희미하고 눈부신 세계로 보일 뿐이어서, 조
심스럽게 더듬거리며 그 소리가 들려오는 샤워 부스 쪽
으로 걸어갔다. 문은 닫혀 있었다.

— 저기, 괜찮으신가요?
— 저는…… 부끄럼 많은 생애를 보냈습니다.

그 말을 듣자마자 나는 온몸에 힘이 풀리며 뒷걸음질을
쳤다. 하지만 얼마가지 않아 내 등에 닿은 것은 차가운
벽이었다.

— 나를 사랑하면 할수록 이 세계는 지겹고 어지러워요.

— 아 ······.

— 하지만 누군가는 저를 미쳤다고 하더군요.

— 아니오. 당신은 미치지 않았어요.

— 그럼요. 단 한순간도 미친 적은 없습니다. 다만,

— 다만?

— 다만, 저는 은근히 즐기고 있었던 것 같습니다.

— 무엇을요?

— 사람이라면 어쩔 수 없이 가질 수밖에 없는 삶에 대
한 냉소에 대해서 말이지요.

— 그게 정확히 어떤 의미인지 저는 잘 모르겠어요.

— 정확한 뜻은 없습니다. 그저 어렴풋한 미소에 대해
서 말하고 있을 뿐이지요. 저는 제 사진을 본 적이
있습니다. 웃고 있는 사진이었으나, 거기에는 자세
히 볼수록 더 가까워지는 슬픔이 느껴지지요. 그것
은 새처럼 자유로운 것이면서, 정말이지 깃털처럼

가벼운, 하지만 종이 한 장처럼 아무런 무게도 없는 듯이 그렇게 나풀거리는 미소였습니다. 하지만 제가 정말로 섬뜩했던 것은……

― 끝내 아무런 표정이 없는 당신이었겠죠.

나는 떨리는 음성을 애써 진정시키며 단호한 어조로 그의 말에 화답했다.

― 아, 당신은 저를 아시나요? 하지만 저는 이제 그 표정이 어떤 모습이었는지조차 기억이 나지 않습니다.
― 당신의 이야기에 푹 빠져 살았던 때가 있었죠. 허나 인간의 공복에 대해서, 배고픔을 느끼는 이유에 대해 모르는 당신과는 달리 때가 되면 배 속에서 알람 시계가 울리고 식사를 통해 어떤 포만감을 느끼기도 하는 저는 필히 당신과는 다른 부류의 사람임을 알

고는 혼자서 피식 웃음을 터뜨리기도 했어요.

— 당신은 제게 어떤 연민을 느끼기라도 하였나요?

— 가끔은 당신이 친구보다도 가깝게 느껴졌으니까요.
연민이라기보단 우리가 살고 있는 세상에 대해 그런
생각을 품고 있는 사람이 순전히 혼자가 아니라서
다행스럽다는 생각이 들었던 적은 있었습니다.

— 하지만 아무리 가까워진다고 해도 인간은 서로를 전
혀 모릅니다.

— 절대로 해소되지 않을 쓸쓸함에 대해서 말하고 싶은
건가요?

잠시 동안 아무런 대답이 들려오지 않았다. 나는 그가
울고 있을지도 모른다는 상상을 했다. 그 누구에게도
알려지지 않은 표정으로.

— 쓸쓸할 때 우리가 짓는 표정들은 타인들에게 자신의
감정을 이해받고 싶은 동시에 그 감정 안에 고스란
히 혼자가 되고픈 모순적인 행위일 뿐입니다.

— 당신도 진심으로 사랑을 경험한 적이 있을까요? 꼭
한번 물어보고 싶었습니다. 당신도 자신보다도 더
사랑한 누군가에 대한 기억을 지니고 있나요?

— 행복이나 불행 같은 건, 제게 그리 중요하지 않습니
다. 모든 것은 다 지나가기 마련이니까요. 그러니까
그 물음은 오늘의 제게는 해당되지 않습니다. 언젠
가 그랬을지도 모르겠지만요.

— 다 지나간다고 말할 거면서 왜 그렇게 스스로를 아
프게 했어요? 왜 그렇게 외롭게 살아야만 했어요?

물음 끝에서 묘하게 텅 빈, 바람 소리 같은 것이 느껴졌
다. 그리곤 대답 없는 침울한 이에게 나는 슬그머니 다

가섰다. 벽에서 문으로 향하며 닫힌 공간을 열어보았다. 하지만 그곳엔 아무도 없었다. 허무했다. 그리곤 그 침울한 이, '요조'가 남긴 한마디가 내 가슴을 쿡 찔렀다. '소위 삶 바깥에 있어도 타인은 나를 신경 쓰지 않을 걸. 나는 무^{無}야. 바람이야. 텅 비어버렸어.'

33.

어딘가에는 꼭 이 시대의 흐름에 반하는 그 순수한 가
치를 지켜주는 사람이 살아 있었으면 좋겠다. 하지만
그 희망은 얼마나 잔인한 것인가. 그 순수함을 위해 그
는 얼마나 많은 것을 누리지 못하고 살아야만 했을까.
이따금 희망은 잔인한 것이고, 꿈이란 건 현실보다 낮
은 곳에 있는 것 같은 기분이 든다.

34.

첫 직장, 중고로 산 서류 가방 속에 특히나 많은 공간을 차지했던 찢어진 노트 위에 원고들. 넥타이를 매고 만원 지하철에 올라 책상 앞에 앉기 직전까지에도 내 머릿속에서는 무언가를 써 내려가고 있는 게 당연했지. 무리에서 내가 사라져도 아무런 공백이 없다는 사실처럼 그곳에 정 둘 곳 없는 내 마음에는 커다란 구멍 같은 게 머물고 있었지.

대충 다린 셔츠와 뒤꿈치가 많이 닳았던 구두, 세탁기 빨래가 채 끝나기로 전에 졸음 속으로 뒤엉키곤 했던 치열했던 젊은 날의 한 부분. 그 안에서 나는 좋아하는 걸 계속 좋아하기 위해서 어떻게든 발버둥쳤고, 마음대로 따라주지 않는 현실에서 참 많이도 울었지. 꿈을 머금고 살아가는 건 외로운 일이야. 그럼에도 나는 그 기억을 사랑해.

무엇도 소유하지 못했지만 어떻게든 나 자신으로 살아
보고자 했던 그때 그 순간을.

Es irrt der Mensch, solange er strebt

35.

가끔 누군가로부터 작가로서의 가장 중요한 재능이 어떤 거냐는 질문을 받으면 나는 당혹스러움을 숨기기 어려웠다. 왜냐하면 보통은 그런 질문은 사회적으로 명망이 깊은 사람에게 던지는 경향이 짙으니까…… 나로서는 그 질문이 스스로에게 과분한 것이라고 느꼈던 것 같기도. 고민 끝에 내가 내어놓는 대답은 언제나 한 문장을 쓰고, 그 다음 문장이 쓰일 때까지 철저히 갈구하는 행위라는 표현이었다.

그러니까 책이란 건 일단 쓰이기 시작하면 자연스레 결말에 마침표를 찍어놓는 때까지 계속해서 써 내려가는 과정이 담기기 마련인 것이다. 그것은 한 권으로 그치지 않는다. 작가의 재능이란 아무도 그에게 글을 쓰라고 요구한 적이 없어도 스스로 내면의 이야기를 끄집어내며 여백 속에 고스란히 옮겨두는 고독한 번역의 시간과도 연관되어 있다.

언제나 내게 흰 종이들은 삶에서 아직 진행되지 않은 시간처럼 두렵고 막연하기만 하다. 하지만 살아가는 일이 비옥한 대지 위에서만 선택적으로 뿌리내리는 것은 아니듯이 내가 하는 일도 때로는 척박한 황야에 언제 싹이 돋을지도 모르는 이름 모를 씨앗을 심는 작업이 되기도 한다.

현실이 막막하다면 그 막막한 것에 대하여 쓴다. 포기하고 싶다면 그 포기하고 싶은 것에 대한 철저한 당위와 답답한 마음의 체증에 대하여 쓴다. 하지만 언제나 마무리된 글을 읽고 나면 그 안에서 희미하게 그것을 초월하고자 하는 나의 의지를 발견하곤 했다. 내 영혼의 목마름을 외면하지 않고 나를 해소해줄 오아시스를 찾아서 어떻게든 쓰고자 하는 것, 재능이란 그 이상 그 이하의 것도 아니라는 생각이 든다. 그렇게 끊임없이 추구하다 보면 어느새 '리얼리티'의 중심에 서 있는 '나'를 발견하게 된다. 때로는 주인공이었고 때로는 잠깐 등장했다 사라지곤 했던 단역으로서의 나. 하지만 분명 나는 살아 있다.

동시에 나는 지금 쓰고 있는 이 이야기가 재능이란 곧 포기를 하지 않는 것이라는 상투적인 뜻으로 전해지길 바라지 않는다. 패러다임은 언제나 변할 수 있다. 나를 숨 막히게 하는 것, 더는 내 것이 아닌 무언가를 포기를 할 줄 아는 용기도 재능이니까. 그것이 사람이든, 상황이든, 꿈이든지 간에 말이다.

결국에 재능이란 즐겁게 사는 일과 가장 밀접하게 연관

이 있는 일이라는 생각이 든다. 자신이 좋아하는 일을
추구하며 진심으로 기쁨을 느낄 수가 있다면 굳이 누구
와 비교하고 경쟁하지 않아도 재능을 확보할 수 있는
단계까지 나아갈 수 있을 테니까.

그런 의미에서 나는 종종 충만한 재능을 지녔었고, 때
때로 형편없는 자질의 인간이었다. 무명의 작가였지만
평범한 회사원이었던 나, 퇴근을 하고 답답한 넥타이를
풀어 헤치며 쏟아지는 졸음 속에서도 읽고 쓰는 일을
갈구하던 나, 그때의 내게는 있고 지금의 나에게는 없
는 것이 분명 존재하고 있음을 느낀다.

아무튼, 즐겁게 살지 못하면, 재능이 다 무슨 소용이랴.

36.

언제부턴가 다 소진하기 전에 그만 멈춰버리는 것이 좋아졌다.

그 적당한 아쉬움을 귀하게 여기곤 한다.

그래야만 다시 시작할 때, 평소와 같은 탄력을 유지할 수 있기 때문이다.

그것은 일종의 마음이 지닌 나름의 템포이고, 내가 터득한 삶의 리듬이다.

— 이제 그만, 이것만 마무리하면 조금 쉬어야겠어.

라는 마음이 들기 전에 과감히 펜을 놓아버린다.

그래야만 내일도 성실히 삶을 지탱할 수 있기 때문이다.

31.

그때는 우리 다 어렸었잖아.

그 시절에 나를 울렸던 사람이 너라서 차라리 잘됐다

싶어.

참 많이도 울었구나 우리는.

그래도 우리가 사랑했던 순간이

빛바랜 청춘의 사치라고 말하지는 말자.

나는 마냥 좋았어.

너라서.

31.

새벽 무렵 작은 새 한 마리가 쇠막대 위에서 이러지도
저러지도 못한 채 하염없이 날갯짓만 반복하고 있을
때, 내가 해줄 수 있는 것은 얼어붙은 발끝에 호호 입김
을 불어주는 일뿐이었다. 기어코 내게서 날아오른 한
숨만큼이나 누군가를 위해 가슴 속 온기를 내어줄 수가
있다면, 한사코 시린 마음도 찬찬히 녹아들 수가 있었
을까. 어쩌면 내 안에도 작은 새 한 마리처럼 시린 계절
에 붙잡혀 이러지도 저러지도 못하는 마음들이 있지는
않을까.

나는 필사적으로 새의 비행을 희망하며 얼음을 녹였다.
실은 지금껏 자신에게 한 약속들 중 스스로에게 부끄럽
지 않을 만큼 사명을 다했다라고 느끼는 것은 별로 많
지 않다. 아주 사소한 것 하나라도 일단 다짐해버린 것
을 실천하고 이루는 일이란 정말이지 고독한 과정이라

는 생각이 또렷해졌을 뿐이다. 그렇다면 내가 끝내 지키지 못했던 미루고 미뤘던 그 다짐들은 어디로 사라져 버렸을까. 여전히 그때 그곳에서 가만히 나를 기다리고 있을까. 먼지처럼 작게 부서져 버렸을지도 모르겠다.

가끔 긴 소설을 써 내려가자고 마음먹을 때면 덜컥 첫 문장에서부터 이미 막다른 길에 당도한 기분을 느끼곤 한다. 하지만 지금 이 순간, 얼어붙은 대지로부터 마침내 작은 새 한 마리가 동이 트고 있는 숲속으로 날아오르자, 덩달아 정체된 내 삶의 기록도 담장을 넘어 새로운 길로 유유히 나아갈 수 있지는 않을까 하는 희망이 샘솟는다.

나는 결말을 향해 나아가는 소설 속 문장처럼 마음과 호응하며 이 삶을 완주하고 싶다. 새로운 다짐을 마음

의 벽 한가운데에 조용히 새겨두니 오래된 내 기억의
책장 속에서 잊고 있던 몇 개의 낱말이 기다렸다는 듯
이 쏟아졌다.

오늘의 다짐,
아름다운 것을 아름답다고 있는 그대로 느낄 수 있도록
늘 내 시선에 쌓인 투박하고 경솔한 먼지들을 잘 닦아
둘 것.
그리하여 내 영혼의 목적은 바람직한 자기 자신으로 흔
들리는 것.
왜곡된 세상 속에서 타인에 의해 굴곡진 인생이라 손가
락질 받는다고 해도 결단코 나 스스로는 자신을 외면하
지 않을 것.
나의 눈을 똑바로 바라볼 것.

또 다시 아침이다.

나는 걷는다.

39.

— 당신은 왜 걷고 있어요?

이른 아침 금발의 창백한 여인이 내게 물었다. 나는 잘 모르겠지만 나 스스로와 많은 대화를 나누기 위해서라고 답했다.

— 당신은 왜 걷고 있나요?

나의 물음에 그녀는 밝게 웃으며 말했다.

— 비밀이에요.

하지만 그 미소 뒤에 어딘가 깊은 슬픔과 기억이 있음이 어렴풋이 전해오는 것 같았다. 나는 더 이상 묻지 않았다.

— 누구나 비밀 몇 가지쯤은 있으니까요. 당신의 비밀
　이 아름다워지길 응원할게요.

— 프랑스에서 왔어요. 제 이름은 에밀리예요.

— 반가워요. 에밀리. 저는 님이에요. 한국에서 왔어요.
　북한 말고 남한이요.

40.

숨이 차오를 대로 차오르는 오르막길이다. 한동안은 아무런 대화도 없이 숨소리만이 나지막이 내려앉은 길을 걷기도 했다. 이 길 위에서 마주친 이들과 잠깐의 단편적인 대화들이 이어지고 나면 어김없이 무아지경처럼 아무런 생각도 걱정도 없이 그저 걷고 있다. 내가 무언가를 바라보고 있고, 걷는다는 느낌도 별로 느껴지지 않을 만큼 고요하다. 다리의 통증도 물집으로 엉망이 된 발가락도 그 순간에는 아무런 감각이 느껴지지 않는다. 그저 내가 걷고 있는 한 걸음 앞을 응시하면서 나아갈 뿐이다.

그렇게 다섯 시간쯤을 걸었더니 바람이 세차게 부는 언덕에 당도하게 되었다. 여기는 바람의 길이 별의 길을 가로지르는 곳, 용서의 언덕이었다. 오늘은 이곳에서 점심을 해결하기로 했다. 배낭을 열어 어제 마트에서 산 바게트와 잼, 하몽과 치즈를 꺼내 먹었다. 빵에 잼을 바르는데 낮은 기온에 찬바람까지 더해져서 온몸이 부르르 떨렸다. 추위에 약한 로키는 추운 몸을 이리저리 움직여보며 빵을 먹고 있었다.

몸이 너무 지치고 힘들었는데 이상하게 웃음이 났다. 지금 생각해도 왜 웃었는지 잘 모르겠다. 로키와 마주보며 배가 아플 정도로 그냥 웃었다. 생각해보면 별 이유 없이 그렇게 껄껄대며 웃었던 건 참 오랜만이었던 것 같기도 하고. 점심을 먹는 동안 지나는 다른 순례자들에게 안부를 주고받았다. 언제나 대화의 시작과 끝은 부엔 까미노라는 말이다.

그리곤 긴 시간동안 줄곧 내리막길이 이어졌다. 무릎에 심한 통증이 느껴지는 구간이었다. 걸을 때마다 따끔한 통증이 있고, 아차 하는 순간에 발목에 부상을 입을 수도 있으니 내 기준에는 오르막보다 내리막이 훨씬 험준한 느낌이었다. 높이 올라가면 내려오는 건 더 힘들다. 꼭 산을 오르는 일만이 아니라, 살아가는 일도 그런 건 아닐까. 신발 끈을 묶다가 내 발 옆에 있던 작은 돌멩이 하나에 자꾸만 시선이 가서 손에 움켜쥔 채로 걸었다. 표면이 그리 매끄럽진 않고 조금 어두운 색을 띠고 있는 돌이었다. 동그란 모양이지만 완전한 원이 되지 못한 그 모습에서 나는 언젠가의 내 모습을 발견하기라도 한 걸까.

산티아고에 도착하기까지는 꼭 달래주어야겠다고 생각했다.
용서의 언덕에서도 차마 내려놓지 못했던 마음들 말이다.

#1.

언젠가는 당신에게 내 마음이 닿으리라 믿습니다. 때때로 어떤 기억은 세월 속에 충분히 그 한 시절을 머물러 있어야 그 진정한 모습을 비추곤 하니까요. 그날도 어김없이 도서관으로 향했던 나였습니다. 서가 위로 스며든 볕이 좋아서 한참을 머물러 있었던 것입니다. 가끔은 바람에 흩날리는 조엽들이 흥얼거리는 당신 목소리 같아서, 나도 모르게 살랑살랑 그 포근한 기운에 책장을 덮고 당신을 떠올렸던 것입니다. 어쩌면 제가 긋고 싶었던 밑줄은 하나의 문장이 아니라, 그날 그곳의 모든 순간이 아니었을까 하는 생각이 듭니다. 이렇게나 깊고 아련한 그리움과, 막연히 흘러가버릴 계절의 무심함 속에서도, 분명 어디에선가는 당신도 내 생각을 해 주기를 바랐던 것입니다. 모처럼의 가을인데, 시월의 풍경은 당신을 너무 닮았네요. 자꾸만 이 계절이 짧아집니다. 이제야 그 시절과 화해할 수 있을 것만 같은데, 자꾸만 이 계절은 짧아져만 갑니다.

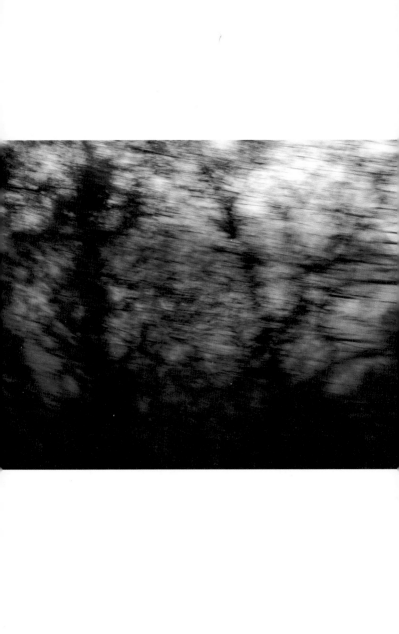

＃ 2.

우리는 3일 정도를 같이 걸었다. 걷는 동안 주고받은 대부분의 대화는 앞으로 자신이 꿈꾸는 미래에 대한 이야기였다. 그는 런던의 날씨 때문에 트럭에서 햄버거 가게를 운영하는 것에 조금 어려움을 느끼고 있다고 말했다. 하긴, 하루에도 몇 번씩 소나기가 쏟아진다고 하면 그건 푸드 트럭을 운영하는 입장에선 꽤나 골치 아픈 문제가 될 수 있지. 날씨가 그날 먹을 음식을 결정하는 데 꽤나 큰 영향을 끼친다는 것은 당연하면서도 사람들이 잘 생각하지 못하고 있는 사실인 것 같다. 때문에 자금을 모아서 매장을 꾸리는 것이 로키가 꿈꾸는 다음 단계였다.

나는 로키에게 '싱그러운' 서점을 운영하는 것이 목표라고 말했다. 그 싱그럽다는 말의 뜻은 갓 구운 빵 냄새가 풍겨 나오고 있는 이른 아침 골목의 빵집처럼 그곳을 떠올리면 느껴지는 대강의 분위기와 느낌만으로 마음의 긴장이나 고단함이 조금은 수그러질 수 있는 공간을 의미하는 것이었다. 특별함과 차별화된 무엇이 아닌, 익숙하지만 향긋해서 이따금 찾게 되는 곳. 하지만 '싱그러운'이란 말을 정확히 어떤 단어로 번역해야 할지를 몰라서 나는 대충 '*pretty*'라고 표현을 하고 말았다. 그럼에도 그 함축적인 뜻이 분명 그에게 닿았으리라고 생각하면서.

— 로키! 나는 서점을 운영하고 싶어. 음, 그러니까 '*pretty*'한 '*Bookshop*'을 말이지!

로키는 책과 친숙하진 않았지만 책에 대한 관심이 떨어지고 있던 런던에서도 최근 들어 '*cool*'한 서점들이 많이 등장해서 사람들이 책에 대한 새로운 흥미와 독서

욕구를 느끼고 있는 것 같다고 말했다. 어쩌면 산티아
고에 도착한 이후에는 멋진 서점들이 즐비한 도시로 떠
나보는 것도 좋을 것 같다고 생각했다. 언젠가 내가 몇
권의 책과 함께 당신을 기다리게 될 쿨하고 프리티한
공간을 꿈꾸면서.

Es irrt der Mensch, solange er strebt

43.

아, 생각났다. 내가 학교에서 사고를 쳤을 때나 싸움을 하고 들어왔을 때에도 엄마는 울지 않으셨다. 심지어는 내가 큰 수술을 받고, 오랜 기간 병원에 입원했을 때나 군에 입대할 때에도 엄마는 내가 보는 앞에서는 울지 않았다.

그런 엄마의 눈물을 처음 본 것은 그녀가 수술실로 들어가면서 뒤돌아보던 흔들리는 눈망울 속에서였다. 엄마는 자꾸만 힐긋 뒤를 돌아보았다. 나는 그때 마주하였던 것이다. 안절부절못하며 애타게 우리의 눈빛을 찾아 헤매던 엄마의 심정에 대하여.

휠체어 위에서 그녀가 조용히 눈물을 흘리는 장면을 보았을 때 나는 세상에서 가장 강인한 사람이라고 생각했던 그녀에게도 커다란 두려움이 존재한다는 사실을 처음으로 실감했다. 시간이 멈춘 것 같았던 그 순간에 나를 쿵-하고 강하게 흔들고 지나간 생각은 '왜 그 많은 시간 동안 함께 있어드릴 수 없었어?'와 같은 무거운 자책이었다.

대여섯 시간쯤이 지났을까. 수술을 마친 의사 선생님이 나오셔서 말씀하셨다. 예측했던 진단이 맞았고, 다행히도 빠르게 발견하여 적절한 조치를 취했으니 차차 건강을 회복하실 거라고. 회복실에서 한 시간가량 더 머물다 입원실로 이동하는 엄마는 많이 지쳐보였다. 엄마의 손을 붙잡아드리면서 나는 걱정하지 말라고 말했다. 하지만 그 모든 위로가 엄마를 위함이기 이전에 엄마가 괜찮아야만 나도 괜찮을 수 있을 것 같다는 소망에 관한 것임을 알고 있었다.

— 걱정 마 엄마. 잘 될 거야.

그 말은 곧

— 엄마 괜찮아야 해. 그래야 나도 버틸 수 있을 것 같
  거든.

과 같은 말이었음을.
엄마는 마취가 덜 풀려 힘이 하나도 없는 손으로 나를
끌어당기며 물었다.

— 그 병 맞대?

나는 그때 다 잘됐다고만 이야기했을 뿐, 엄마가 왜 그
토록 그 병에 관하여 알고 싶어 하는지에 대해서는 알

지 못했다. 며칠 뒤 기력을 조금 회복하신 엄마가 나를 불러 앉혀놓고는 말했다. 아직 호흡도 제대로 하지 못하는 환자가 되레 나를 안심시키며 베시시 소녀 같은 미소를 짓기도 하면서.

— 네 앞으로 보험 다 들어놨으니까. 그러니까 우리 아들은 아무 걱정 마.

엄마는 자신이 아프다는 사실보다, 혹시나 그 병이 유전적 영향으로 나에게 어떤 피해를 끼치게 될까봐 못내 미안하고 불안한 마음을 감추지 못하고 있었던 것이다. 나는 엄마를 꼭 안아드리고는 휴게실로 나와 혼자서 조용히 울었다.

그리고 생각했다. 만약에 내가 설령 그와 같은 병으로

아프게 된다 하여도 나는 누구도 원망할 이유가 없다
고. 왜냐하면 세상 어디에서도 경험할 수 없는 사랑을
내 어머니로부터 이미 물려받았으므로. 이렇게나 행복
에 겨운 삶을 살아가고 있기 때문에.

당신 앞에서 울고, 화를 내고, 시큰둥하게 마음을 잘 표
현하지도 못했던 그 서툰 시간들이 실은 천국보다도 더
귀한 순간이었음을. 우리가 아직 함께 이곳에 머물고
있을 때 깨닫게 되어 참 다행입니다.

#5.

산티아고가 697킬로미터 남았다는 표지판을 지났다. 아직 목적지가 가까워지고 있다는 느낌 같은 것은 별로 느껴지지 않는다. 사실은 오히려 겁이 난다고 말하는 것이 더 솔직한 내 마음일 것이다. 내면 속의 작은 서랍들을 바삐 열어젖히며 나는 오늘날 내가 살아야 하는 근거들을 찾아 헤매고 있는 셈이다. 산티아고에 도착했는데도 아직 찾지 못했다면 어쩌지, 하는 생각이 내 머릿속을 강하게 두드린다.

이윽고 그늘이 없는 대지 위를 줄곧 걸었더니 어느새 등이 땀으로 축축하게 젖어 있었다. 오늘도 태양은 어김없이 왼쪽에서 나를 비춘다. 까미노를 걸으면서 자연의 힘이 얼마나 위대한 것인지에 대해서 새삼 깨닫고 있다. 오후의 강렬한 햇살 아래 작은 그늘 하나조차 이 길을 걷는 이들에겐 커다란 위안이 되곤 한다. 일기예보를 보니 며칠 뒤에는 연달아 비 소식이 있었다. 다음 마을에 들르면 우비를 사야지, 그리고 우선은 맥주를 한 잔 마셔야겠다. 나는 지금 심한 갈증을 느끼고 있으니까.

다만, 무엇으로도 채울 수 없는 빈곳이 사람의 마음속에는 언제나 존재하고 있다. 내게 그것은 맹렬하게 소용돌이치는 허기가 아니라, 소리 없이 조금씩 자신의 삶을 갉아먹는 무기력함이다. 여기에 오기까지 수없이 많이 시도해보았다. 그 빈곳을 채우기 위해 사람도 만나보았고, 술도 마셔보았고, 고막이 아플 정도로 시끄러운 클럽에서 춤도 춰보았다. 하지만 무엇도 즐겁지 않다. 행복하지 않다. 아니, 행복한 것이 오히려 피로했다. 나는 자주 아무런 기분이 느껴지지 않았으면 좋겠다고 생각해버리곤 했다.

그 시기의 나는 어쩌면 이미 죽어 있었던 것 같다. 심장은 뛰고 있었지만 마음의 온기는 식어버렸던 순간들이 나를 할퀴고 지나갔다. 그 깊은 구멍에서 빠져나오기 위해 발버둥칠수록 더욱더 새까만 세계로 미끄러져 내려갔고, 어쩌면 너무 꼬여버려서 이제는 좀처럼 정리할 자신이 없어져버린 케이블처럼 어디서부터 무엇이 문제였는지도 모른 채 그저 살아 있기만 한 밋밋한 사람으로 시간 속을 연명했던 건지도. 그럼에도 그 무렵 내 안에는 작렬했던 울음이 있었고 나는 그것이 살기 위한 나만의 투쟁이었으리라고 믿는다.

#6.

처음 만났을 때보다 두 번째 만남이 더 좋았고, 다시 만났을 때는 한 번 더 만나고 싶다는 생각이 드는, 그런 당신 앞에 서면 안과 밖이라는 경계가 사라지는 듯합니다. 그저 들판 위에 서로와 서로가 있고 끝없는 우리들이 시간과 함께 펼쳐져 있을 뿐입니다. 사랑해도 여전히 서로를 모를 수 있다는 겸손함은 우리를 더 존엄하게 만들어주겠지요. 그렇게나 사랑했는데도 여전히 당신에 대해 새로이 깨닫게 되는 것이 있습니다. 물론, 우리는 바람 앞에 쉽게 흔들리는 존재이지요. 하지만 당신이 나를, 내가 당신을 긴긴 한숨으로 꺼뜨리지 않는한 앞으로도 우리는 늘 그곳에서 흩날리는 작은 등불이겠지요.

41

손이 너무 시려서 장갑을 꺼냈다. 분명, 고어텍스 장갑을 챙겼는데 그 순간 내 손아귀에 있는 건 목장갑이 아닌가!? 친구가 그 장갑은 뭐냐고 묻기에 뭐라 할 말도 없고 해서 그냥 '디스 이즈 코리안 워킹 글러브'라고 답했다. 앞으로 짐을 꾸릴 땐 항시 전등을 켜두고 맑은 정신으로 챙길 것!

48.

반대편에서 걸어오는 순례자를 만났다. 어쩌면 이 길을 모두가 같은 방향으로 걸을 거라고 생각했던 것 역시 나의 오만에 불과했던 것이다. 그는 방금 막 눈보라를 지나온 것처럼 눈썹과 머리칼이 새하얗게 빛바랜 노인이었다.

— 어디에서부터 오는 거예요?
— 산티아고를 갔다가 다시 돌아오는 길입니다.
— 다시 돌아오는 거라구요?

그는 프랑스 생장에서 시작해서 산티아고에 도달하여 다시 본래의 시작점으로 돌아가고 있다고 말했다.

— 아직 나이가 어린 저도 이렇게 지치는데 힘들진 않으세요?

— 나는 괜찮아요. 그런데 젊은이, 너무 무거운 짐을 지고 가고 있잖아요.

— 네. 산티아고에 도착한 이후에는 다른 곳을 조금 더 여행하려구요. 기간이 길어지니 짐도 늘어버렸네요.

프랑스에서 온 할아버지는 내 말을 듣고 생긋 웃더니 내게 가까이 다가왔다. 그리곤 손가락으로 내 가슴을 가리켰다.

아아, 맞아. 마음의 무게. 근심이라도 내려놓아야 조금이라도 가뿐하게 걸을 수 있겠지.

49.

내게는 아직 이름조차 붙여지지 않은 슬픔들이 존재하고
여전히 내겐 해명하지 못한 고독이 도처에서 나를 바라
보고 있다.

5 0 .

이 근방에는 바다가 없다. 근데 희미하게 바다 냄새가 났다. 정말로 바다 냄새였다. 어쩌면 그것은 내 마음속에서 우러나온 그리움의 향이었을까. 땀이 식어 날아간 자리에 고스란히 맺힌 소금기들의 희고 쌉쌀한 향기가 나를 한껏 안아주었던 걸까.

내가 바다였다면 당신이 있는 힘껏 내 품으로 뛰어내려주길 바랬을 것이다. 누군가를 사랑하는 느낌이란 끝없는 망망대해 어디쯤과도 같아서 빠져드는 순간 그곳의 넓이와 깊이를 망각하게 된다.

때때로 사랑한다고 외치며 당도한 곳이 겨우 무릎 높이의 강물이라는 걸 실감했을 때, 흘러가는 당신을 아무리 잡으려 해도 잡을 수가 없던 어린 내가 참 밉고 가여웠던 날도 있었지.

하지만 분명 여간해서는 만날 수 없던 희미한 바다였다.

오늘의 목적지 에스테야에 도착하니 어느새 거리에 어둠이 내렸다. 무니시팔 알베르게는 이미 많은 사람들로 북적이 있었고 그 모습이 마치 대피소에 몰려든 사람들처럼 혼란스러운 형태였다.

아아, 무니시팔이란 이름이 한국어로는 다소 당황스러운 억양일 수는 있겠으나 그건 이곳에서 공립, 공공의라는 뜻으로 통하는 말이다. 순례자 여권에 세요—그 숙소만의 마크가 새겨진 도장—을 찍고 숙박비를 내면 침대 커버와 함께 내 침대 번호를 부여받게 된다.

오늘은 처음으로 침대 2층 칸에 머물게 되었는데, 내 아래에는 브라질에서 온 여성이 이미 짐을 풀고 쉬고 있던 상황이라 최대한 그녀의 휴식을 방해하지 않기 위해서 안간힘을 써야만 했다. 침대 프레임에는 그녀의 양

말과 속옷이 아직 덜 마른 채로 물을 뚝뚝 흘리며 널려 있다. 가만 보면 여기에선 성별에 대한 개념이 그리 크게 작용하진 않는 것 같다. 사람들은 그저 서로를 '순례자'라고 인식할 뿐이다.

요즘은 시설이 좋아져서 대부분 칸막이가 있고, 남녀 샤워실이 따로 분리되어 있지만 가끔 오래된 알베르게에는 심지어 칸막이가 없는 채로 성별에 상관없이 샤워를 해야 하는 곳도 있다. 아침이면 인원이 가득차서 민망할 겨를도 없이 그냥 자기 몸을 씻기 바쁘다. 문제될 것은 없다. 왜냐하면 타인이 아니라, 자기 자신을 끌어안는 일에 최선을 다하고 있기 때문이다. 널려진 속옷과 양말은 민망한 것이 아니라, 오늘 하루도 성실히 자신의 걸음을 걸어왔다는 자부심으로 읽힌다. 우리는 그저 자신의 길을 가는 순례자이니까.

그럼에도 끼익— 끼익— 하고 여간 작은 압력에도 삐걱 거리는 침대 탓에 아래층의 순례자는 잠에서 깨고야 말 았지만…… 그녀는 웃으며 괜찮으니 편하게 움직여도 된다고 말했지만 왠지 모르게 오늘은 꼼짝없이 얼음처럼 잠을 청할 것 같은 기분이 들었다. 나로서는 누군가의 평온을 방해하느니 내가 좀 불편하자는 주의다. 가끔은 그런 내가 너무 원망스러웠던 때도 있었지만, 어쩔 수 없지 그게 나인 것을.

52.

저녁 식사를 위해 근처 레스토랑을 찾아갔다. 가는 길에 현지인 아저씨에게 근방에 맛있는 음식점이 있냐고 물어보니, 고민하지 않고 가게 이름을 단번에 말해주었다. 아무래도 그의 단골집인 듯 했다. 레스토랑의 이름은 '카사노바'였다. 왠지 이름부터 매력이 넘쳐흐를 것만 같은 곳이었다.

허나, 카사노바 사장님의 음식에 대한 사랑은 표면장력을 넘은 물처럼 흘러넘쳤고, 메뉴판에 빼곡하게 자리 잡고 있는 메뉴들을 보면서 허기조차 잊을 듯한 당혹감을 느끼고야 말았다. 순례자 친구 두 명과 함께 자리를 잡고 메뉴를 보는데, 가뜩이나 메뉴 선정에 큰 어려움이 있는 나에게 스페인어로 된 메뉴판은 엄청난 당혹감의 대상이었고 나는 한숨과 함께 그것을 그냥 덮어버렸다.

그 모습을 본 친구들은 의아해했다. 나는 뭘 선택하는 걸 잘 못하니 그냥 너희들의 선택을 믿을게. 내가 그렇게 말하자 친구들은 눈을 동그랗게 뜨고서는 꽤나 황당하다는 듯이 웃었다. 그도 그럴 것이 우리는 이 가게에 처음 들어왔으니 각자 누군가에게 무엇을 추천해준다는 것도 쉽지 않은 일일 테니까.

그때 옆에 있던 친구가 나를 빤히 바라보면서 말하는 것이다. 오래 걸리고 혼란스러운 건 전혀 이상한 것이 아니라고, 하지만 너 스스로의 의지로 무언가를 결정하는 건 중요한 일이니, 얼마의 시간이 걸리든 기다려주겠다고.

우선 우리는 와인 한 잔씩을 주문했는데, 카사노바 사장님은 커다란 와인 한 병을 그냥 내어주셨다. 모두가

Es irrt der Mensch, solange er strebt

메뉴를 선택하는 데까지 거의 30분이 걸렸다. 물론, 마지막까지 수많은 선택지들 사이에서 방황했던 건 나였다. 하지만, 기어코 나는 주문을 했고 우리는 축배를 들었다.

어쩌면 누군가에겐 별것 아닌 일이지만 늘 메뉴판을 덮고 상대방의 의사에 의지했던 나에게 오늘의 저녁은 크나큰 성장이 아닐 수 없는 것이다. 아직은 더디지만 나는 내 의사표현을 하는 방법에 대해서 배워나가고 있는 중이다. 조금씩 성숙해지고 있는 것이다.―하하, 이제 나는 내 메뉴도 고를 수가 있다구!

5 3.

잠들기 전 문득 들었던 생각.

나다운 것에 너무 집착할 이유가 있을까.
나를 틀 안에 가두어두고서
그것을 나답다고 인정하는 일이
늘 아름다운 결과를 가져다주진 않았던 것 같아.
어쩌면 나답지 않았던 게 아니라,
익숙하지 않고, 경험이 많지 않아서
조금 어색했던 거일 수도 있고 말이야.
아무튼 —자연스럽게—가 중요하겠지.

Es irrt der Mensch, solange er strebt

아침에 일어나 발바닥을 땅에 디디고 서면 전기처럼 통증이 느껴져서 익숙해지기까지 조금 시간이 걸린다. 그 모습이 조금 펭귄 같아 보여서 아프면서 웃음이 나온다. 정반대의 감정이 이렇게나 혼재해도 되는 건가. 그러고 보면, 아프다는 말과 웃기다는 말은 반대말이 아닐 수도 있겠다.

통증 속에서도 아름다울 수 있고 행복할 수 있다는 것을 나는 살아온 시간으로부터 충분히 배웠으니까. 하지만 되도록 내가 사랑하는 사람들은 아프지 않다면 좋겠다. 고통에 너무 익숙해져버리면 자신이 지금 꽤나 괴로운 상황 속에 있다는 걸 스스로 망각할 때가 있으니까.

한꺼번에 순례자들이 샤워실로 향할 땐, 그 모습이 마치 펭귄들이 줄을 지어서 바닷가를 향하는 것처럼 보인다. 나는 잠시 머릿속에서 순례길을 함께 걷는 펭귄의 행진을 상상해봤다. 그 행진 속에서 우리는 극지방의 추위가 혹한의 대지를 형성하듯 일상의 고독으로 존재의 방황을 경험하기도 하겠지.

예컨대 황제펭귄의 경우 혹독한 겨울을 이겨내기 위해 무리 바깥쪽에서 추위를 막아주는 역할을 번갈아가며 수행한다. 원으로 대형을 이루어서 바깥쪽 펭귄이 지칠 때쯤 안쪽의 펭귄과 자리를 바꾸는 것이다. 그러한 행동을 전문용어로는 허들링이라고 일컫는다.

어쩌면 이 길 위에서 우리들 모두가 함께 대형을 이루어 목적지까지 나아가는 과정을 경험하고 있는 것 같다. 굳이 말하지 않아도 때가 되면 그 온기를 주고받는 일종의 황제펭귄들의 허들링처럼 말이다. 그 지혜—온

기를 보존하려는 행위—는 눈보라가 휘날릴 때, 자연히
웅크리게 되는 존재 본연의 끌어안음을 닮았다.

55.

지금부터는 각자의 길을 걸어야 할 시간.

로키가 일정 때문에 조금 일찍 길을 나서려고 한다. 그는 오늘도 먼 길을 걸을 예정이다. 나보다도 더 긴 거리를 걷는 순례자는 그가 처음이다. 그럼에도 그는 시간이 부족해서 도중에 '점프'를 한 번 해야 한다. 점프란 순례자의 길에서 버스나 기차 등의 운송수단을 이용하여 거리를 건너뛰는 방법을 일컫는다. 고작 30분을 일찍 출발하는 것이지만 우리는 걸음이 비슷해서 아마 다시는 서로 마주치지 못할 수도 있다. 그와 악수를 하고도 못내 아쉬워 와락 끌어안고서 서로의 등을 두드려주었다. 이 길 위에서 만난 나의 첫 친구, 오래오래 너를 기억할게.

아직 바깥은 새까만 밤이야.

그래도 너무 걱정하진 마.

뒷모습이 보이지 않을 때까지 내가 바라봐줄게.

너의 걸음엔 언제나 작은 희망이 나비처럼 반짝이기를.

5 6.

수염이 잘 자라지는 않지만
그래도 가끔 잠들기 전에 면도를 합니다.
이건 뭐 나름대로는 꽤나 신성한 일이거든요.
수염이 잘 자라지 않으니
잠들기 전에 면도를 해도 며칠은 거뜬해요.

구태여 누군가를 만나기 위해서 혹은
예의를 차리기 위해서 그 행위를 하는 건 아니에요.
그저 면도 크림을 도포한 뒤에
거울을 보고 생긋 웃는 기분이 좋아서 그런지도 모르겠
군요.

역시나 대부분의 사람들은 면도를 했는지 안 했는지 잘
모릅니다.
애초에 수염이 별로 자라지 않으니까요.

허나 내가 나 스스로를 가다듬는 게
꼭 누군가에게 티를 내기 위한 목적은 아니니까요.
그러니까 수염이 없는 이들에게도
면도는 즐거움일 수 있단 말이죠 하하.

산티아고에 도착하면
자비에 쿠거 오케스트라가 연주한
'마리아 엘레나'를 들으면서 면도를 할 거예요.
자유롭게 춤을 추면서 거울 속을 물끄러미 바라볼 생각
이거든요.

51.

계속 같은 책을 읽고 있다. 가방 무게 때문에 한 권밖에 책을 가져오지 않은 탓이다. 이제 나는 그것의 본문을 어느 정도 중얼거릴 수 있을 정도가 되었다. 아니, 이제 는 그 문장처럼 사고하고 있다. 점점 책이 되어가는 기 분이다. 나는 펼쳐져 있다. 누군가에게 일컬어지길 기 다리는 듯이 새까만 잉크들이 누렇게 빛바래갈 때까지 라도 영영.

5 1.

오늘은 숙소에서 조촐하게 혼자 술 한 잔이나 기울여볼
까 하고 생각하니 벌써부터 마음이 마구 두근거렸다.
대보름의 동그란 달처럼 덩달아 설렘도 부풀어 오르는
듯 했다. 빛깔 좋은 하몽과 근사한 와인 한 병을 사야
지. 그리곤 내일은 30분 더 늦게 일어날 거야. 아, 벌써
부터 행복해.

하지만 몇 시간 뒤 도착한 알베르게는 이미 인원이 가
득 차 있었다. 작은 마을의 숙소는 간간히 이런 경우가
있다고 하더니, 하필이면 오늘이 그날이었던 것이다.
이미 다리에 힘이 다 풀려버렸지만, 앞으로 20킬로미터
는 족히 걸어야 한다. 계산해본 바로는 좋은 컨디션일
때 내가 한 시간 동안 걸을 수 있는 거리는 5킬로미터
정도다. 짐의 무게까지 있으니 그 이상은 무리다.

Es irrt der Mensch, solange er strebt

체력이 거의 바닥난 상태에서 네 시간 이상을 더 걸어야 한다니, 잠시 동안은 덧없이 하늘만 바라보았다. 실은 그때 속으로 어쩔 수 없이 해가 뜰 때까지 밤하늘이나 바라봐야겠다는 생각을 했다. 하지만 새벽의 추위가 찾아오면 나는 온몸을 부르르 떨어야 할 테고, 심한 감기라도 걸린다면 며칠은 끙끙 앓아야 할 테니 어떻게든 걸어서 숙소를 찾아봐야 하겠지. 나는 그저 창백해진 마음으로 작게 중얼거릴 뿐이었다.

내 삶에 이 정도 실망쯤은 이제 대수롭지 않으니까, 어떻게든 그럭저럭 버틸 수 있을 거야.

59.

만약에 시가 언어로 쌓아올린 집이라면

시인의 목적은 오늘 밤만은 버텨주었으면 하는 집인

거야.

튼튼하고 안락한 집이 아니라,

적어도 오늘 밤만은 버텨주었으면 하는…….

60.

있잖아, 나의 지나간 사람아
당신이 나한테 무언가 말을 할 때면
잠시 뜸을 들이는 그 순간에도
어떤 의미인지 이미 느껴지곤 했어.

풍겨지는 느낌과 말 사이에 이렇다 할 차이가 없는 사람.
당신은 한결같아서 좋았어.
그래서 좋아했던 것 같아.

61.

어느새 해가 저물었다. 무릎이 너무 아파서 그만 눈물
이 났다. 알베르게 리스트에 있던 작은 마을의 숙소들
은 역시나 문을 닫아 있었다. 한 걸음 걸을 때마다 너무
아파서 비명이 터져 나올 지경이었다. 하지만 길 위엔
아무도 없었다. 이 어둠 속을 걷고 있는 것은 오직 나
혼자다.

처음엔 오기로 걸었고, 그래도 안 될 것 같아서 옹알이
를 하듯 단어들을 집어삼키며 걸었다. 심지어는 휴대용
라이트마저 고장 나버렸다. 너무 어두워 이대로는 안
될 것 같아 최대한 가까운 도로를 향해 걸었다. 울창한
숲길을 벗어나니 이토록 커다란 달빛이 나를 비추고 있
을 줄이야.

만월滿月이었다. 하지만 이내 안개가 자욱하여 시야가 좋

지 못했다. 나는 그저 말없이 달빛에 기대어 걸었다. 이따금 커다란 트레일러가 도로를 빠르게 지나갈 때면 내 몸은 덩달아 휘청거렸다. 사고의 두려움보다 더 무서웠던 것은 이 안개 속을 혼자서 헤쳐 나가야 한다는 외로움이었다. 보고 싶은 사람들의 모습이 걸음마다 떠올라서 몹시 서글퍼졌다. 지금 막 도래하려는 계절을 무엇으로 막을 수가 있을까. 봄이 오고 꽃들이 만개하듯이 울음이 터져 나왔다.

나는 왜 이 길에 올랐을까. 내가 찾던 것은 이토록 희미한 빛이었던가. 이제 그만, 멈추고 싶었다. 어쩌면 이렇게 길을 잃고 목적을 상실한 듯이 내 인생도 완전히 손을 쓸 수 없을 정도로 고장 나버린 거 아닐까. 내 안에서는 자꾸만 불안한 생각들이 통증처럼 따끔거린다.

하지만 그때 맞은편에서 운명처럼 자동차 한 대가 나를 스쳐 지났다. 헤드라이트 한 쪽이 고장 난 자동차였다. 운전자는 나를 보고 단번에 순례자임을 알아차린 듯 했다. 내 배낭을 보고 산책하는 사람이라고 생각하는 사람은 없을 테지. 그리곤 경적을 짧게 한 번 울리며 열린 창으로 내게 외쳤다.

— *Vamos! keep going!*
힘내! 계속 가. 계속!

도로 근처에 아무렇게나 놓여 있던 나무 작대기 하나를 주워서 절뚝거리고 쓰라려도 나는 계속 걸었다.

62.

오직 달빛만으로 밤의 안개 속을 걷는다는 것은 고독한
일이다. 나는 그 침묵의 길 위에서 배웠다. 마땅히 어엿
한 자기 자신으로 삶을 살아내는 비결은 내게 일어난
사건 그 자체가 아니라 그 사건을 받아들이고 기억하는
나의 방식에 철저히 의존하게 된다는 사실을.

우리의 나이는 언제나 과도기이며, 우리 마음은 언제나
환절기처럼 울먹인다. 늘 우리 앞에 펼쳐진 어둠의 길
에는 한 번도 경험해본 적이 없던 위화감이 우리들 마
음속 갈라진 틈으로 스며들 준비를 하고 있다. 그럼에
도 완전하지 않은 존재들은 어딘가로 나아가려고 한다.
다리를 절면서, 먹먹한 소리들과, 희미한 시야를 다독
이면서.

자고로 태도란 삶이라는 길 위를 걷는 저마다의 방식인

것이다. 하지만 마음에 빈곳이 없다면 풍경은 결코 아름다워 보이지 않는다. 그리하여 단단한 태도란 것이 꼭 틀림없는 분명함이어야 하는 것만은 아니다. 단단해진다는 건, 내 빈곳을 이해하려는 노력에서 비롯되는 거니까. 욕심이 아니라, 작은 호기심. 확신이 아니라 희미한 희망이라도 안고 있다면 우리는 이 짙은 안개 속에서도 걸음을 지속해 나갈 수 있다.

세상에 완전한 자유를 경험한 사람이 있을까. 결국에 자유라는 건 어딘가에 결박되어 있기에 가능한 꿈이다. 예컨대 어려움 속에 있다는 건 어딘가엔 반드시 행복의 실마리가 있다는 뜻이다. 반대로 지금 이 순간에 전적으로 만족한다고 해도 우리는 삶이 끝나기까지 아직 더 많은 눈물을 흘려야만 할 거다. 떨어진 꽃잎들은 생의 피고 짐이 실은 얼마나 단순한 것으로 이루어져 있는

지 말해준다. 그 밤의 풍경이 가르쳐주었다. 풍경을 감
상할 줄 아는 사람이 된다는 건, 고개만 푹 숙인 채 현
실을 비관하지 않는다는 뜻이고, 안일한 기쁨에 취해서
쉽사리 소중한 것에 무감각해지지 않는다는 말이겠지.

그 안개 속에서 나는 무아지경이었다. 그저 풍경과 후
광이었고, 무엇도 홀로 중심을 이루지 않았다. 전체가
하나였고 작고 하찮은 것 하나에 이르기까지 그 전체를
이루지 않는 것이 없었다. 내게서 텅 비어 있던 조그만
공허함으로 인해 나는 그 밤을 지나올 수가 있었던 것
이다. 엄밀히 말하면 나는 늘 너무 늦었지만 그럼에도
언제나 나였다. 냉소와 슬픔이 함께였으나, 그 틈에서
조심스레 미소를 잃지 않았다. 그거면 된 거 아닌가. 나
는 오늘을 내 삶에 아로새긴다.

그 눈물은 태어남을 의미하는 것이다. 사람은 사는 동안 그렇게 수차례 태어나야 조금씩 스스로를 이해해 나가는 건 아닐까.

63.

무릎이 너무 욱신거리고 몸도 뻐근해서 온탕에서 여유로이 피로를 풀고 싶다는 생각이 간절했다. 하지만 여기에 대중목욕탕이 있을 리도 없고 해서, 욕조에 뜨거운 물을 받아놓고 다리를 마사지 하는 것으로 만족해야 했다. 그마저도 이 길에서 누릴 수 있는 호사스러운 일인 거지.

새로운 곳에 이사를 가면 나는 언제나 그 동네에 잘 적응할 수 있도록 나름의 행동반경을 만들어낸다. 또한 그 범위에 대중탕이라고 하는 장소는 빼놓을 수 없는 요소인 것이다. 내게는 목욕탕에 관한 잊을 수 없는 기억이 몇 가지 있다.

첫 번째는 아주 어렸을 때, 어머니를 따라 여탕에 갔을 때의 기억인데 오이팩을 하고 있던 아주머니를 우리 엄

Es irrt der Mensch, solange er strebt

마인 줄 착각했을 때의 일이다. 그 아줌마를 졸졸 따라다니다가 마침내 팩을 떼어냈을 때 그 얼굴이 우리 엄마가 아니었을 때의 충격은 내가 기억하는 최초의 당혹감이다. 그때는 오이로 팩을 하면 사람 얼굴이 변하는 줄 알고 그만 울어버리고 말았다. 아무래도 나는 엄마가 웃는 모습을 좋아했기 때문이었던 것 같다.

두 번째는 목욕탕에서 비누를 밟고 미끄러져 머리가 깨졌을 때의 일이다. 그 당시 피가 철철 흐르고 있는데 누군가 내 머리에 약이랍시고 치약을 발랐다. 그건 마치 상처에 물파스를 바르는 꼴이지. 지금 생각해보면 내 머리에 치약을 바른 그 사람은 내가 만난 최초의 사이코패스가 아니었을까.

마지막은 서울에 처음 자취방을 구하고서 동네 대중목

욕탕을 갔을 때의 기억이다. 우리 동네 목욕탕은 우시장 골목을 지나면 나오는 큰 건물 7층에 자리하고 있었다. 하지만 공교롭게도 3층과 4층은 나이트클럽이어서 주말에 축구를 하고 목욕탕이라도 가려면 수많은 웨이터들의 시선과 마주할 수밖에는 없는 구조였다. 그리하여 처음 그 목욕탕을 방문하던 날, 1층 엘리베이터 앞에서 웨이터 복장을 한 사람이 꾸벅 인사를 하며 말했다.

— 오늘, 물이 참 좋습니다 손님. 혹시 일행 있으신가요?

나는 어안이 벙벙해서 내가 지금 길을 잘못 왔을까 하고 멍하니 서 있었다.(도대체가 대중목욕탕 아래에 나이트클럽이 있다고 누가 상상이나 하겠냐고!)

— 아뇨. 저는 혼자인데…….

웨이터 복장의 사내는 내 표정과 슬리퍼차림의 행색으로 말미암아 고개를 살짝 끄덕이더니 말을 이었다.

— 혹시 목욕탕에 오신 손님인가요?
— 네. 저 목욕탕 가려고 왔는데요⋯⋯.
— 7층으로 가실게요 손님. 거기도 물 좋습니다!

온탕에 몸을 담그니 어렴풋이 쿵짝쿵짝 리드미컬한 디스코 음악이 느껴진다. 나는 아직 젊은데, 앞으로는 얼마나 더 황당한 일들이 나를 기다리고 있을까. 실없이 웃음이 터져 나왔다. 그리고 나는 왜 이토록 노곤한 날에 하필이면 그 목욕탕을 떠올리고 있는 거지?

64.

호스텔 & 바.

저기 멀리에서 밤의 거리를 밝히는 네온사인이 보인다. *Hostel & Bar* 하지만 간판에 '호스텔'이라는 단어만 불빛이 꺼져 있다. 나는 마지막 힘을 짜내 문을 열고 소리쳤다. "호스텔!? 디스 이즈 호스텔? 웨얼 이즈 호스텔!" 바 안에서 와인을 마시던 사람들이 일제히 나를 응시한다. 하지만 나는 그 시선들과는 무관하게 그저 내 몸 하나 누일 곳이 필요할 뿐이다.

— 이봐요, 펠레그리노(순례자) 오늘은 어디에서부터 왔어요?

— 에스떼야에서 왔어요.

— 뭐라구요? 50키로미터로 넘는 거리잖아요. 걸어서 왔다구요?

— 네. 거리는 중요하지 않아요. 제가 필요한 건 오늘
  밤을 보낼 방이니까요.

그때 사장님이 내게 와인 한 잔을 건네며 말하는 것이다.

— 기다리고 있었어요. 방은 있습니다. 그러니 걱정하
  지 말고 우선은 목을 좀 축이세요.
— 저를 기다렸다구요? 하지만 제가 누군지 모르잖아요.
— 당신은 그저 순례자잖아요. 우리는 언제나 당신을
  기다려왔답니다.

가방을 내려놓고 자리에 앉으니 신음소리가 절로 나왔다.

— 근데 왜 그렇게 빨리 걷는 거죠?
— 제가 원해서 그런 건 아니에요. 본래 묵으려고 했던

마을에는 숙소가 다 차버렸어요.

— 아아, 겨울 까미노에선 종종 있는 일이지요. 하지만
  잘 오셨습니다. 이 계절에 까미노에는 생각할 시간
  이 있고, 길 위에 오직 당신만이 있을 뿐이니까요.
  여기 방 열쇠예요.

방으로 들어가자마자 욕조에 물을 받았다. 그리곤 그
작은 욕조 속에서 웅크린 채로 조금 울었다. 울음이 잦
아들고 나서는 와인 한 모금을 마시면서 책을 펼쳤다.
이렇게 따뜻한 온기 속에서 책을 펼치고 술 한 잔을 기
울일 수 있다는 것이 얼마나 행복한 일이었는지에 대해
서 새삼 다시 깨닫는다. 내가 까미노에서 마주한 가장
거대한 기적은 매일매일의 평범한 나날들이었음에 대
한 자각이었다. 일상은 그야말로 축복이다.

책 모서리를 접으며 동시에 지금의 느낌을 오래오래 기억하고 싶었다. 연필이 없어서 책을 읽다 손톱으로 꾹눌러 밑줄을 그렸다. 일정한 압력을 유지하며 선을 긋다가 나도 모르게 종이 끝에 다른 손가락의 마디를 베었다. 고통이 없다고 말하기는 어려울 정도로 분명한느낌이었으나 따지고 보면 그건 아주 상냥한 부류의 아픔이다. 통증이 신경을 타고 짜릿하게 정신을 밝힌다.

이제 책 속에는 자세히 보아야 겨우 눈에 보일 정도의희미한 홈이 파여졌을 뿐이나, 나는 이제야 그 문장의슬픔과 나란히 눈물을 나눈 사이가 되었으리라. 상처는소리 없이 아물며 아무도 모르게 내 손에 작은 금을 만들어갈 것이다. 그 틈 속으로 적막한 걸음을 옮기면 한때의 침묵 속으로 와락 안겨들며 나는 한 권의 책이 될작정인지도 모르겠다.

65.

예전에 네가 나한테 말했었잖아.
애매하게 서 있지 말고 원하는 걸 정확하게 말하라고.
오늘에서야 그 말에 명확한 대답을 말할 수 있을 것 같아.

나는 무척 혼란스러웠고
내가 정말 원하는 것이 무엇인지 찾아가는 중이었거든.
그러니까 애매하다는 게 그때 내 정확한 감정이야.

어쩌면 우리 사이에 있던 문제는
표현의 부재가 아니라, 이해의 부재가 아니었을까?

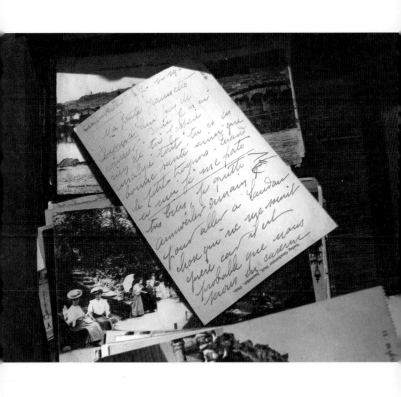

66.

그로부터 며칠 동안은 다른 사람과 대화를 나눌 기회가 많지 않았다. 하지만 나는 스스로와 끈질기게 대화를 이어나갔고, 그로 인해 내 안에 닫혀 있던 수많은 방을 환기시킬 수가 있었다. 걷고 있을 때면 불현듯 목소리가 들려온다. 그것은 한때 내가 사랑했던 것이었고, 나를 너무도 큰 외로움에 머물게 한 의미들이었으나, 마침내 이 눈이 부시도록 환한 고독 속에서 나는 수많은 나의 모습들과 화해를 청하고 있는 중이다.

심지어는 잠에 들 때 휴대폰 배터리를 충전하는 일도 그리 중요하지 않게 되었다. 전원이 꺼지고, 바깥세상과 단절되어 홀로 이 길을 걷는 중이지만 두렵지 않다. 내가 세상의 중심에 속하지 않아도 마냥 소외되었다는 느낌이 들지는 않기 때문이다. 나는 지금 그저 내 삶의 중심에 서 있다.

Es irrt der Mensch, solange er strebt

그럼에도 드문드문 이 길의 끝이 얼마쯤 남았을지 확인해보고 싶은 마음이 든다. 동시에 내가 걸어온 길이 옳은 길이었는지 검증하는 데 많은 에너지를 쏟고 있음을 느낀다. 마음을 놓고, 내 걸음에 확신을 지닌 채 걷는 일은 언제나 혼란스러움을 동반한다. 묵묵히 걸음에만 집중하고 싶지만, 자꾸만 설명과 근거들에 기대고 싶어진다. 당최 왜 인간은 이토록 연약하게 만들어졌는지, 불안함이 커질수록 직접 두 눈으로 확인하고 싶어진다. 이 길이 맞은 길인지. 내가 혹시나 경로를 이탈한 것은 아닌지.

하지만 그것이 이 길 위에만 해당되는 일이었을까.
자꾸만 확인하고 싶어진다.
내 인생, 제대로 진행되고 있는 건가?

2부

우리는 바람을 따라 풍경이 될 거야

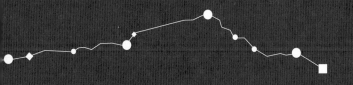

61.

정말 좋은 기억으로 남아 있는 곳을 함께 방문한다는 건
그를 진심으로 사랑한다는 뜻이겠지.

Es irrt der Mensch, solange er strebt

#조각배를 타고 밀밭을 항해하는 남자

오후의 나른함이 몸을 무겁게 한다. 잠시 쉬어가고 싶다. 그늘은 어디에 있지. 나는 길을 이탈하여 잠깐의 무료함을 즐기고 싶었다. 추수가 끝난 뒤, 새로운 잎사귀를 기다리는 텅 빈 밀밭이 끝없이 펼쳐져 있다. 걷다보니 그 어디쯤에선가 건초더미 위에서 낚시대를 들고 무언가를 응시하고 있는 한 남자를 보았다. 그의 얼굴에는 쉽게 판독할 수 없는 수심의 고독이 내려앉아 있었다.

— 여기서 낚시라도 하는 건가요.

적막을 깨는 나의 물음에 사내는 그저 잠깐 시선을 내어주고 고개를 끄덕이는 것으로 답을 대신했다. 가까이 다가서니, 그는 훨씬 더 나이가 들어보였다. 노인에 가까운 모습이었다. 그는 계속해서 허허벌판에 낚싯바늘을 던지고 가만히 기다림을 지속해나가는 것이다.

— 물고기를 잡으려면 강이나 바다로 가야죠.

그의 사색을 방해하고 싶지는 않았으나 좀처럼 호기심
이 가라앉지를 않았다. 심지어는 그 노인이 아무런 대
꾸를 하지 않는다고 해도 나는 더 많은 질문과 이야기
를 늘어놓고 싶었다.

— 쉿! 물고기들이 다 도망가잖아. 이봐 젊은이 좀 조용
  히 하라구!

노인은 큰 소리로 외쳤다.(여기서 제일 시끄러운 건 당신이
잖아.) 그는 연신 기침을 했다. 낯빛도 그리 좋아보이진
않았다.

— 좀 피곤해 보이시는 걸요. 쉬엄쉬엄 하세요. 뭘 하고

계신지는 잘 모르겠지만.

나는 더 이상 그를 방해하고 싶지 않아서 자리를 벗어
나려고 했다. 하지만 그때 노인의 탄식이 들려왔다.

— 제길, 오늘도 글렀군. 이만 돌아가야겠는 걸.

그리곤 낚시대를 접으며 그는 나에게로 다가왔다.

— 이봐 젊은이 그쪽은 오늘 좀 어때. 입질은 좀 오던가?
— 할아버지, 여긴 그냥 끝없이 펼쳐진 밀밭이에요. 여
  기서 낚시를 하는 사람은 아무도 없다구요.
— 여기가 어딘들 그게 무슨 상관이야! 나는 어부야. 그
  러니까 낚시를 하는 것뿐이란 말이다. 두고보라지.
  내일은 아주 큰 놈을 낚을 테니까.

— 어부 할아버지, 저는 순례자예요. 산티아고를 향해
  서 걷고 있어요.

— 젊은이도 여간 허탕인 모양이군. 산티아고는 저쪽이
  야. 이쪽 길이 아니라고.

— 알고 있어요. 비슷한 길을 계속 걸었더니 조금 지루
  하기도 해서 잠시 일탈이라도 하고 싶었나보죠. 실
  례지만 할아버지, 고기를 잡지 못한 지 며칠이나 됐
  어요?

— 어째서 내가 물고기를 못 잡았다고 단정 짓는 거지?

— 아까 할아버지가 말했잖아요. '오늘도' 글렀다고 말
  이에요.

— 젊은이는 꽤나 좋은 관찰력을 가졌구먼. 그건 낚시
  를 하는데 꽤나 중요한 자질이지. 하지만 더 중요한
  건 끈기야. 이 외로움에서 지지 않겠다는 믿음이라
  고. 오늘로 정확하게 84일째지. 하지만 미끼를 정확

하게 던졌다고 해서, 물고기가 늘 바늘을 무는 건 아니라고! 그냥 운이 좀 좋지 않았던 거야. 하지만 누가 알겠어? 내일은 또 운이 따라줄지 말이야. 하루하루가 새로운 날인데.

나는 그의 두꺼운 손에 세월처럼 기록된 굳은살들을 보라보았다. 그 손으로 말미암아 그는 분명 지문이 다 지워질 정도로 강한 마찰과 빈번한 그을림 속에서 평생 물고기를 낚기 위해 혼신의 투쟁을 다한 한 명의 어부임이 틀림없었다. 그는 낚시대를 짊어지고 아지랑이처럼 구불구불한 길 위로 희미하게 사라져갔다. 하지만 그 뒷모습은 단호했고 당당했다.

나는 잠깐 동안 건초더미에 기대어 눈을 감았다. 하지만 이내 그늘도 태양 빛에 멎어버리고 한낮의 열기에 나라는 존재 자체가 증발해버릴 것 같은 갈증을 느꼈다. 미지근해진 물 한 모금을 마시면서 나는 다시 걸을 채비를 한다. 잠깐의 어지러움과 두 발에서 느껴지는 통증들이 이 순간이 분명 꿈이 아니라는 것을 말해주고 있다.

참으로 기이한 마주침들이다. 싱클레어와 요조에 이어 늙은 어부 산티아고까지. 그 모든 것들은 실로 현실에서는 일어날 수 없는 만남들이었다는 걸 나는 알고 있다. 하지만 동시에 노인의 단호한 말 한마디가 땀방울처럼 나를 휘감고 돈다.

— 여기가 어딘들 무슨 상관이랴. 나는 어부이니, 낚시를 하는 것뿐인데.

Es irrt der Mensch, solange er strebt

나는 이 길 위에서 한때 내가 푹 빠져 읽었던 소설 속 인물들과 대화를 나누고 있다. 나도 모르게 우연히 책 속으로 걸어 들어가고 있는 듯한 느낌을 받을 때가 있는 것이다. 어쩌면 그건 길을 잃어버리기에 가능한 일이다. 나는 오늘에서야 부서질 준비가 되어 있다. 그 틈 속에서 빛이 스며들면 마침내 숨어 있던 글자들이 밤하늘을 유랑하듯 슬그머니 별의 지도를 그려갈 테지.

내 정신은 온통 오늘의 걸음에 있다. 나는 마침내 현재를 사랑하게 되었는지도 모르겠다. 언제나 조금 아쉽고, 더디고, 미련해 보였던 지금 이 순간을 나는 이제야 마주보게 되었다. 하지만 오늘 이전의 시간들이 과연 낭비와 사치의 기록이었던 걸까. 나는 잘 알지 못한다. 줄곧 나를 잘 모르고 살아왔다. 허나 우리가 배우는 것들은 모조리 잘 모르는 부분에 관한 것이다. 심지어는

다 안다고 생각하는 것들도 얼마든지 내가 몰랐던 의미들을 지니고 있으니.

나는 알고 싶어졌다. 이따금 무기력과 애정이 번갈아 나를 좋아한다고 말했던 기억들에 대해서. 그리고 나는 알고 싶어졌다. 먼 훗날, 뒤를 바라보며 즐겁게 잘 살았다, 라고 미소 지을 수 있는 인간의 단호함에 대해서. 끝까지 나는 알고 싶어졌다. 나라는 사람이 실은 스스로를 가장 많이 울렸던 감정의 근원이었다는 걸 알아차린 순간, 과연 어디까지 안아줄 수가 있을지. 지나간 계절처럼 그리운 안부가 내 마음에 이토록 차곡차곡 쌓여 왔던가.

그러니까 너무 모르고 살았다.
나를, 나를, 또 나를.

61.

그냥 오늘은 운이 좀 좋지 않았던 거야.

그렇게 생각해버려.

나를 의심할 수는 있지.

내게 실망할 수도 있을 거야.

하지만 매일매일의 고단함이 다 내 미련함 때문만은 아
니거든.

그냥 운이 좀 안 좋았던 거야.

혹시 모르지 내일은 또 운이 좀 따라줄지 말이야?

69.

나는 알고 싶어졌다.

나에게 아직도

네가 나를 사랑했던 날의 모습이 남아 있는지.

아니, 지금도 내게는

너를 사랑했던 날의 모습이 남아 있을지.

10.

납작한 새벽이다. 세상은 아직 펼쳐지지 않았다. 음악
도 듣지 않고 그저 혼자만의 독백을 벗삼아 걷고 있다.
산토도밍고와 벨로라도를 거쳐 부르고스로 향하는 길
은 유독 아름다웠다. 끝임없이 이어져 있지만 어디 하
나 어긋난 곳이 없다는 듯이.

나와의 대화가 시시콜콜한 노랫말처럼 마음속에서 흥
얼거리듯이 울려 퍼졌다. 이 리듬을 단절하지 않고, 끝
까지 지켜나가는 것이 중요할 것 같다는 생각이 들었
다. 날개는 없지만 영혼의 자유로움을 느끼고 있다고나
할까.

일상에서 이처럼 나를 위한 침묵의 시간을 유지해나가
는 것은 정말 어려운 일이다. 어쩌면 이 고요함은 외부
의 작은 소음이나 눈짓만으로도 부서질 만큼 연약한 것

이겠지만, 나는 이 아담한 기쁨을 지켜나가기 위해 부단히 노력할 것이다.

이 무렵의 나는 인간적으로 성숙했다기보다, 미성숙하고 어리지만 잔잔하게 나아가는 맑은 호수 위의 파문과도 같았다. 얇은 선이 원을 그리며 중심에서부터 퍼져나가고 있다. 나는 그 흐름 속에서 과거에 내게 일어난 크고 작은 사건들을 두서없이 떠올리곤 했다.

풍경을 바라보고, 나를 느끼고 있다. 내가 행복한지 불행한지 판단하는 일 자체에 큰 흥미를 느끼지 않는다. 다만 나는 어떠한 감정과도 감히 우열을 가리지 않고 그저 나라는 인간의 본질에 대해서 추구하고 있을 뿐이다. 상처들이 조금씩 아물어가고 있다. 그것은 느리지만 단단히 내 삶의 방식을 구성해 나아갈 테지. 까닭도 알지 못한 채로 미소 지을 만큼, 이 고독은 나를 치유하는 아늑한 세계처럼 느껴진다. 멋진 하루다.

11.

산토도밍고의 밤, 오래된 성당 꼭대기 층에 순례자를
위한 숙소가 마련되어 있었다. 하지만 난방 시설을 갖
추고 있지 않아서 입김이 나올 정도로 추웠다. 샤워를
하고, 발가락에 하나씩 테이핑을 했다. 발의 통증을 줄
이고, 물집을 예방하는 차원에서 그것은 꽤나 효과적이
지만 먼 거리를 걸으면 어쩔 수 없이 물집이 나고 아프
기 마련이다. 물집이 난 자리가 굳은살이 되고, 다시 그
굳은살이 떨어지며 물집이 된다. 피가 고인 채로 굳은
살이 된 발가락을 만지작거리며 내일 걷게 될 길을 상
상하다가 몸을 누였다.

오늘 침대는 창가자리에 있어서 그런지 바깥 기온이 유
난히 낮은 것처럼 느껴졌지만 침낭 속에서 밤하늘을 보
면 사랑하는 이 옆에 누워서 눈을 깜빡이듯이 별들이
반짝였다.

잘 자요. 아무런 걱정하지 말고.

오늘 밤만은 아무런 걱정하지 말고, 잘 자요.

오늘만은 나랑 화해할래요   185

12.

나의 아내에게

우리—여기에서는 나 자신과 그리고 언젠가 나와 사랑에 빠질 연인에 대한 대명사—는 소위 말하는 남편과 아내라고 하는 가정의 역할로만 서로를 생각하지 말자. 우리는 좋은 친구고, 배울 점이 있는 스승이자 아직 안아줘야 할 다듬어지지 않은 사람일 수도 있을 테지. 그리고 우리는 사랑하는 사이인 거야. 결혼과 가정이라는 굴레에 묶여 있지 않았더라도, 언제나 서로를 사랑하는 그런 사람들이었을 거야.

13.

상투적인 아름다움 말고 조금 더 깊은 층위의 감동을
원해. 내가 써 보일 거야. 나는 내 삶이 막다른 골목에
이르렀기 때문에 이 길로 도망쳐왔다고 생각했었는데,
매일 길을 잃고, 다리를 절면서 걷는 동안에 단 한 가지
의 공통된 생각이 마음속으로 스며드는 거야. 나는 쓰
고 싶어. 마음을 담고, 느낌을 엮고, 이야기를 넘겨가면
서 시처럼 소설처럼 아무도 모르게 적어둔 일기 속 낮
은 음성들처럼 그렇게 살아갈 거야.

14.

걷는 도중에 갑자기 비가 쏟아져서 나무 아래에서 잠시
몸을 숨겨야만 했다. 근처에는 어디에 쓰이는 용도인지
모를 커다란 플라스틱 상자가 있었다. 짧은 망설임이
나를 스치고 지나갔으나, 이대로 온통 젖을 수는 없으
니 냉큼 뛰어가서 상자를 뒤집어썼다. 곧이어 달라지는
세상의 소리들, 더 가까이에서 들려오는 내 호흡들, 빗
방울은 더 분명하게 나를 두드리고 있다.

세상에 그 누구도 내가 이 상자 속에 앉아서 빗소리를 듣
고 있다는 사실을 모르겠지. 하지만 언젠가 당신에게 말
해주고 싶은 것이다. 내가 여기에서 아직 오지 않은 당신
을 그리워했다고. 빗소리들이 조금씩 내 고독을 갉아먹어
갈수록 갈증을 느꼈다. 나는 이미 텅 비어버린 지 오래된
내 물통을 만지작거리며 우리 집에 작은 냉장고 속에 있
는 캔 커피 하나를 떠올렸다. 그건 교토에 한 카페에서 구

입한 것인데, 마시려고 할 때마다 여간 아쉬운 마음이 들어서 내려놓고 말았던 것이었다. 아마도 유통기한은 이미 지나버렸겠지. 하지만 다행이다. 소중한 추억에는 유통기한 같은 것은 존재하지 않으니까.

15.

평범한 날에 흔한 처마를 바라보면서 뜬금없이 그 존재가치에 대해 깊게 고민해보지는 않을 것이다. 하지만 소나기라도 쏟아지는 날이면 우리는 그 처마 아래에서 안도한다. 즉, 나와 대상 사이에서 각각의 가치를 결정짓는 배경은 극단적인 이분법이 아니라, 삼차원 이상의 다원화된 관계구조에서 이루어진다는 것이다. 우리가 날씨와 처마, 그리고 나 사이의 의미들에 대해 생각해본 것처럼 예컨대 개인과 개인 사이에는 언제고 알게 모르게 각자의 상황이 개입될 수 있음을 받아들일 줄 알아야 한다.

세상에 나와 당신 이 두 가지 관계로 이루어진 것은 없다. 사람들은 다 자기중심적으로 생각을 하기 마련이다. 실망의 씨앗은 외부에서 오지만 그 뿌리는 자기 내면에서 자라는 것이다. 대수롭지 않은 것도 내가 건강하지 못하면 실망스러운 일이 되고, 충분히 불만이 될 만한 것들도 내 감정이 화창하면 그럭저럭 지켜봐줄 만하다. 서로의 예민함이 두드러지는 시기가 조금 다른 것일 수도 있다는 생각도 들고, 결국 중요한 건 우리가 같은 날씨를 경험하고 있지 않다는 사실이겠지.

16.

아, 내가 누군가를 진심으로 사랑하게 되었을 때 나는 비로소 고독에 대하여 깨닫게 되었다. 끝내 사랑과 고독은 별개의 사유가 아닐 터, 사랑하면서 고독을 겪고 외로움 속에서 그 사랑의 의미에 대해 떠올려보곤 한다. 결단코 그 뜻을 완벽하게 해석하지는 못하겠지만, 이 세상 어딘가에 아름답지만 완전히 번역되지 않는 문장이 있다면 그것이 바로 사랑의 고독이고 고독한 사랑이 아닐는지.

11.

비가 내린 축축한 땅을 밟고 걷는 건 정말이지 어려운 일이다. 아직 덜 마른 신발을 다음 날 아침에도 다시 신을 때, 그때 발바닥에서 느껴지는 감촉은 어떻게든 잊어버리고 싶을 만큼 힘겨운 나와의 싸움이었다. 나는 아픈 것보다 찝찝한 것이 더 힘겹다. 덜 마른 신발에 대한 이야기만이 아니라, 그게 무엇이든 심지어는 관계에 관해서도 말이다.

11.

— 카페 콘레체 한 잔이요.

아침에 커피를 마시지 못하고 출발한 탓에 좀처럼 걸음
이 개운해지지 않았지만, 다행히도 부르고스로 가기 전
의 여정에서는 수시로 작은 마을이 나타났다. 이름 모
를 바에 들어가서 카페 콘레체 한 잔을 주문했더니 사
장님은 익숙한 솜씨로 뚝딱 따뜻한 커피 한 잔을 내어
주셨다. 콘레체의 맛은 라떼보다는 조금 밍밍하고, 에
스프레소보다는 조금 가볍다. 특별히 유별난 맛을 지니
고 있는 건 아니라는 생각이 든다. 하지만 절대로 그게
나쁜 뜻은 아니지.

그저 그런 것은 그저 그런 대로 좋으니까. 나는 종종 세
상 모든 일이 다 최고의 순간이나 최상의 맛이 되지 않
았으면 좋겠다는 생각을 품어본다. 산행은 높낮이가 있

어야 재밌고, 길은 적당히 굽이져야 지루하지 않은 듯이 일상적인 것들도 때로는 좋고 또 때로는 별로일 때가 있어야 더 매력적인 법이니까.

적어도 이야기를 만들고 기록하는 입장에서 지루함은 곧잘 극복해야 할 숙명인 것이다. 평균이 높아질수록 자극은 줄어든다. 균형이 언제나 잔잔함을 의미하는 것만은 아니니까 이따금 좋았다면 드문드문 실망스러운 것도 꽤나 담담하게 받아들일 줄 아는 너그러움이 필요할 테지.

이런저런 생각으로 어느새 커피 한 잔이 또 비워져간다.
아차, 부르고스에선 꼭 우비를 사야지.
이러다간 감기에 걸려서 종일 앓아 누워버릴지도 몰라.

19.

문학가 바슐라르는 시적 교감에 대해 다음과 같이 말했다.

시인이 선사하는 말의 행복, 시인의 삶에서 드라마를 넘어선 그 말의 행복을 체험하기 위해서 구태여 시인의 괴로움을 직접 살아보아야 할 필요는 조금도 없는 것이라고. 나는 그 생각에 전적으로 동의한다. 사람이 겪는 슬픔은 아주 모호하고 복잡해서, 하나의 체험으로 분명하게 느끼고 전해질 수는 없는 것이다. 하지만 우리는 타인의 슬픔을 느끼고, 그것을 내 마음속으로 가져와 슬픔을 자기 것으로 소화하기도 한다.

나는 그것을 우리가 문학을 통해 얻을 수 있는 언어적인 감동이라 일컫는다. 그 감동은 어떤 사건 자체가 가져오는 이미 결정된 내용들이 아니라, 슬픔에 대한 부

정확한 공감의 영역을 통해 활성화되는 것이다.

따라서 시적 교감이란 필연적으로 사람은 결코 타자를 완벽히 헤아릴 수 없다는 자각에서 출발하는 것이면서, 동시에 그럼에도 이해하고픈 사랑의 출현을 암시하기도 한다. 이를테면 우리들은 시를 읽음으로써 그것과 교감하는 행위를 통해 '안온한 느낌'을 느끼는 게 아닐까. 서로를 지나치는 말과 행동이 아니라, 내 주변을 감싸 안아주며 잠깐 머물다 가기에, 비록 시는 살아가는 실용적 목적, 생리적 욕구와는 직접적인 관계가 없음에도 불구하고 기어코 사라지지 않고 여전히 우리 곁에 남아있는 것이다.

10.

안온하다

    1. 조용하고 평화롭다.

    2. 세찬 바람 없이 평화롭고 따뜻한 날씨다.

61.

어느 정도의 실망은 절대로 피할 수가 없어. 살아가는
한 말이야.

12.

그러니까 단순히 눈으로 보이는 그 이상을 헤아려준다
는 건 어쩌면 서로가 지금 느끼고 있을 감정의 기온차
를 느끼고자 하는 노력이 아닐까. 이 비 너머 너에게로
걸어가면 이제 막 첫눈을 흘려보낸 당신이 소복이 나를
안아주는 것이 사랑이겠지.

13.

오랜만에 대도시에 들어서니 수많은 사람들의 시선이 내게로 쏠리는 게 조금은 부담스러울 지경이었다. 처음엔 자박자박 내 발자국 소리와 바람소리에만 익숙해져 있던 지난 며칠이 많이 그리웠다. 부르고스로 가기까지 강을 따라 이어져 있는 길에는 산책을 하거나 조깅을 하는 사람들이 많았다. 주말이라 더 많은 사람들이 오후의 여유를 만끽하고 있는 것 같기도 했다.

그 순간, 도시의 번잡스러움에 어지러움을 느끼고 있던 나를 다시금 번뜩이는 반가움으로 이끌어준 사람이 있었다. 까미노 초반부에서 만났던 에밀리였다. 그녀가 멀리서 손을 흔들고 있다. 서러운 일이 있었던 것도 아닌데, 나는 왈칵 눈물이 나올 것 같았다. 달려가 곧장 재회의 포옹을 나누었다. 그리곤 서로의 뺨을 마주하고 입술소리를 내는 비쥬 인사를 주고받았다. 그것은 실로

내 인생의 첫 프랑스식 인사였다. 첫 느낌은 언제나 또
렷해서인지. 그때의 장면이 산티아고에 도착할 때까지
이따금 떠오르곤 했다.

까미노에서 만난 모든 친구들이 내게는 다 소중했다. 우
리는 서로를 잘 모르기 때문에 동시에 잘 모르고 있다는
사실을 너무도 잘 알고 있기 때문에 더 배려하고, 존중하
고, 귀를 기울여준다. 덕분에 언어는 다르지만 더 솔직해
질 수 있고, 편안함을 느끼곤 했었던 것 같다.

— 하지만 에밀리 어째서 네가 여기에 있는 거야?
— 사실 나는 여기에 머문 지 며칠 되었어.

길게 이어진 내리막길에서 무릎에 부상을 입은 에밀리
는 택시를 타고 이곳 병원으로 와서 검진을 받았다고

했다. 다행히 뼈에 큰 이상은 없었지만 근육이나 인대
에 심한 충격이 가해졌을 거고, 그로 인해 에밀리의 까
미노는 잠시 주춤거리는 듯 보였다.

— 지금은 좀 괜찮아?
— 응. 하지만 가방의 무게를 줄이려고 가지고 온 짐들
  을 많이 버려야 했어.
— 이제부턴 조심히 걸어야 해. 절대로 너 스스로에게
  큰 부담을 주진 마.

내가 의사선생님처럼 근엄한 목소리로 말하자 에밀리
는 그게 귀엽다는 듯이 웃어넘겼다. 그 미소로 말미암
아 나는 속으로 그럭저럭 버틸 만한가보군! 하고 가슴
을 쓸어내렸다.

14.

부르고스의 대성당은 작은 마을의 성당들과는 다르게 고딕 양식으로 이루어져 있다. 내가 이해한 바가 맞다면, 그것은 까미노 길 최초의 고딕양식 성당이다. 먼저 침대를 배정받은 에밀리를 따라 오늘은 부르고스 무니시팔 알베르게에 머물기로 했다. 지금껏 머물렀던 알베르게 중 최고의 시설이었다. 유레카! 엘리베이터가 있다니! 오랜만에 마주한 신문물에 나는 팔짝팔짝 뛰었고 그 모습이 재미났던지 커피를 마시던 순례자들이 박수를 치며 휘파람을 불어주었다. 우리는 광장에서 사람들을 구경하다가 햇살 좋은 테라스에 자리를 잡고 맥주 한 잔씩을 주문했다.

― 있잖아 에밀리. 너의 비밀이 궁금해. 네가 이 길을 걷는 이유 말이야.

에밀리는 무언가를 망설이는 듯이 손톱을 깨물었다. 짐
작하건대 그녀는 나의 물음에 잠시 과거로 다녀온 것
같았다. 아직 해가 지기에는 이른 시간임에도 그녀의
눈가에는 일몰처럼 아련한 그리움이 내려앉아 있었던
것이다.

— 친구가 죽었어. 스스로.

한낮의 광장, 그곳에서 뿜어져 나오는 생기와 에밀리의
무거운 한마디가 모순처럼 내 마음에 엉켜서 나는 잠깐
동안 가슴이 먹먹했다. 마치 감정에 체한 것처럼 그대
로 받아들일 수도 없고, 그렇다고 아무 일도 없었다는
듯이 행동하기엔 너무 늦어버린 순간이었다. 가까스로
나는 침묵했다.

— 레온을 지나서 산티아고로 향하다보면 철의 십자가
　라는 곳이 나온대.
— 철의 십자가?
— 응. 아주 오래전부터 그곳에 자신의 죄나, 슬픈 마음
　을 내려놓는 풍습이 있었나봐.
— 어떻게 그걸 내려놓을 수가 있는데?
— 작은 돌 하나에 내 진심을 담고 기도하는 거야. 이
　길을 걷는 내내 말이야. 그리고 그 장소에서 돌을 내
　려놓는 거지.

공교롭게도 그 순간 나는 용서의 언덕을 지나며 챙겨두
었던 검은 돌 하나가 떠올랐다. 여전히 내 주머니 속에
서 그 돌은 나와 함께 걷고 있다. 나는 그저 외로워서
누가 내 손을 잡아주었으면 좋겠다고 생각해서 그 돌을
만지작거리며 걸어왔다. 그 장소에 가서 돌을 내려놓으

면 이따금 차오르곤 했던 그 서운한 느낌으로부터 자유로울 수가 있을까. 아마도 조금 더 걸어봐야 알 수 있을 것 같았다.

나는 친구에 대해 더 묻지 않았지만, 그녀가 물끄러미 지나는 사람들을 응시하고 있을 때면 그 눈빛에 묻은 고독이 그녀의 감정을 조금이나마 내게 전달해주는 듯했다. 때때로 눈빛은 가장 솔직한 언어다.

15.

우리는 언젠가 죽는다.

하지만 우리는 어떻게 살아가고 있는가.

실용만 추구하다가 효율적으로 죽을 것인가.

혹은 아쉬움을 남겨놓고 후회하며 죽을 수도 있겠다.

종종 어떻게 살아가야 하는지에 대해서 고민했지만

언젠가 내가 죽는다는 사실은 쉽사리 인지하지 못했던

것 같다.

그렇게 생각하니 괜스레 마음에 묘한 진동이 찾아온다.

유언은 그야말로 내 마지막 문장이 될 텐데,

그걸 고민하는 일이 여간 쉽지만은 않을 것 같다.

16.

무언가를 잃어버린 것 같은 느낌이 든다면 우선은 눈에
보이는 것들에 신경을 쓰겠지. 그렇게 열심히 살아가다
어느새 마주친 거울 속에 희미한 내 모습에서 끝내 깨
닫게 되는 때도 오겠지. 내가 아주 오래전 잃어버린 건,
시계나 지갑 같은 게 아니라 방향이고 길이라는 걸.

11.

숙소에서 휴식을 취하다가 다소 침울해진 기분을 이겨
내기 위해 시끄러운 음악이 흘러나오고 있는 펍으로 향
했다. 가게 안에 테이블은 있었으나 의자는 없었다. 젊
은이들은 저마다 무리를 지어 술 한 잔석을 들고 시끄
럽게 이야기를 하고 있다. 우리도 적당한 곳에서 와인
한 잔을 들고 건배를 했다.—다리가 아파서 후들후들
거리는데 술까지 서서 마셔야 한다니 세상에나— 취기
가 조금 돌았다. 어느새 사람들은 음악에 맞춰서 춤을
추고 있다. 우리 술잔은 이미 비어버렸고 어느새 나와
에밀리도 흥이 돋아 난데없이 리듬을 탔다. 그녀가 다
리를 다쳤다는 사실을 잊어버릴 정도로 경쾌한 움직임
이었다.

역시 순간을 즐긴다는 것은 강인한 정신력과 체력이 바
탕이 되지 않으면 불가능한 일이다. 나는 힘이 풀린 다

리를 이끌고 가게 밖으로 걸음을 옮겼다. 거리에는 마치 축제가 벌어지는 것처럼 웃음소리들이 가득했다. 비록, 다리는 만신창이지만 바로 옆에 있는 계단에 앉아서 파랗고 빨갛게 몰락해가고 있는 오늘 밤을 만끽하는 것으로도 만족스러웠다.

다만, 책이 읽고 싶었고, 영화가 보고 싶었다. 나는 스스로 그간 얼마나 오만하게 책을 사랑해왔는지 깨닫게 되었다. 더 다가설 수 있었고, 보다 깊이 이해할 수 있었음에도 나는 적당히 주변만 맴돌았을 뿐이라는 사실을 인정할 수밖에 없었다. 물론 외부적으로 내 삶은 오직 무언가를 읽고 써 내려가는 일이 최우선이었다. 나도 그 사실을 알고 있다. 하지만 건방지게도 내 마음에 바닥도 없을 만큼 깊은 심연에서는 이제 이만하면 되지 않았나 하는 생각이 자라나고 있었던 것이다.

이제 그만 쓰고 싶다는 생각이 써야 한다는 생각만큼이나 울창한 숲이 되어 밤마다 그곳에서 길을 잃곤 했다. 울어도 보고, 소리쳐보기도 했지만 그 숲은 날로 영역을 늘려가며 내 삶을 침범해나갔다. 이제 그만, 이 정도면 다른 사람들도 내가 열심히 썼다고 생각해주지 않을까. 그러한 생각들로 나는 곧잘 잠을 잃어버리곤 했다. 물론, 나는 더 글을 쓰고 싶지만 솔직히 말하면 흥미를 조금 잃어버린 것 같기도 하고, 어쩌면 무모하고 덧없어 보이게 느껴지기도 했다.

11.

시인 페르난두 페소아는 시를 가리켜 말하길 내가 홀로 존재하는 방식이라고 비유했다. 한때 그 표현은 내 삶의 실마리였다. 아주 옅은 빛깔이었지만 분명 고유한 색을 지니고 있는 믿음이자 바람이었다. 나는 그 문장이 너무 좋아서 아무도 모르게 입술을 가져다 대어본 적이 있다. 눈물이 날 것 같았다. 어쩌면 정말로 순수하게 무언가를 좋아해서 뒤쫓던 시간은 이제 내게서 영영 멀어져버린지도 모른다. 하지만 이유야 어쩌됐든 지금 문장을 구성하는 일은 내가 존재하는 방식이다. 마치 본능처럼, 무언가를 써내지 않으면 내가 존재하지 못할 것 같은 두려움에 휩싸이기도 한다. 아무도 읽어주지 않는다고 해서, 아무도 바라봐주지 않는다고 해서, 사랑하는 마음까지 그대로 멎어버리는 것은 아니다. 살아 있다면 사랑할 수밖에 없고, 사랑할 수밖에 없다면 나는 시를 쓰고 싶었을 뿐이다.

#손을 잡고 걸어오는 천사와 악마

— 갈 수 있다니까.

— 아, 글쎄 그건 무리라고!

— 간다면 어쩔 거야?

— 또 내기라도 해보려는 거야?

— 못할 것도 없지!

몇 걸음 멀리에서 젊은 남자 두 명이 수다스럽게 이야
기를 하며 내게로 걸어왔다. 영문은 모르겠지만 그때
시간이 천천히 흐르고 있다는 느낌을 받았다. 그 두 사
람을 제외한 모든 것이 아주 느리게 움직였고 오직 두
사람의 걸음만이 힘차고 생기 넘쳤다.

— 안녕. 나는 메피스토펠레스야. 그리고 이쪽은 천사고.

— 안녕하세요. 저는 님이에요.

나는 속으로 그 두 사람이 술을 너무 많이 마셔서 취해 버린 거라고 생각했다. 자신을 메피스토펠레스라고 소개한 사내는 뽀얀 피부에 포마드 헤어를 하고 있었는데, 어찌나 그 모습이 단정한지 외모로만 보아도 그의 방은 먼지 한 톨 날리지 않는 깔끔한 공간이겠지? 라는 생각이 들 정도였다. 나는 그가 신고 있던 나이키 스니커즈를 흘깃 바라보고는 말했다.

— 요즘은 악마들도 유행하는 신발을 신나보죠?

그러자 메피스토펠레스는 자부심 넘치는 미소로 고개를 끄덕이며 역시. 이 친구는 뭘 좀 아는 사람이라니까! 오래간만에 대화가 좀 통하는 친구겠어. 하고 너스레를 부렸다. 반면에 천사 쪽은 다소 자유로운 생기가 도는 멋이 느껴졌다고나할까. 아무렇게나 쓸어 넘긴 머리가 바람에 흩날렸고 오랜 기간 착실하게 그을린 피부에 꽤나 파란색 눈동자를 지니고 있었다. 그럼에도 악마에게 전혀 뒤처지지 않은 스타일이었다. 그가 입은 흰 티셔츠가 오히려 그의 까무잡잡한 피부를 윤택하게 보여주는 듯 했다.

— 우리는 방금 내기를 했어.

— 어떤 내기요?

— 님, 당신은 순례자죠? 메피스토펠레스는 당신이 온전히 걸어서 산티아고에 도착하는 쪽에 걸었고, 저는 당신이 최소한 한 번, 버스나 택시를 탈 수밖에 없다는 쪽에 걸었죠.

— 저기, 죄송하지만 두 분 취하셨나요?

그때 악마가 내 옆자리에 앉아서 속삭였다.

— 우리는 늘 취해 있어요.

— 아하, 네. 근데 보통은 악마 쪽에서 버스를 타는 쪽
  을 선택할 것 같은데 이번에는 반대네요.

— 이봐요! 그건 오해예요! 천사들이 우리를 모함한 거
  야. 완전히 오해라구요!

천사는 악마가 당황해하는 모습이 어쩌나 재밌어 보였
는지 배를 잡고 웃어댔다.

— 근데, 분명히 말하겠는데 전 걸어서 갈 거예요. 도보
  로만 산티아고에 갈 거라구요.

— 아차차, 일기예보를 한번 봐 주실래요?

천사가 아주 흥미롭다는 듯이 내게 권했다. 예보가 알
려주는 바로는 며칠 뒤부터 대부분의 날들에 비와 눈

Es irrt der Mensch, solange er strebt

소식이 있었다.

— 괜찮아요. 저 여기서 우비를 샀거든요.

그때 악마가 내게 조심스레 귀띔을 해주었다.

— 있잖아, 님. 아주 큰 비가 올 거야. 우비로는 절대로
  충분하지 않을 만큼의 폭우가 몰아칠 거야. 조심해.
— 산행에서 폭우를 만난다는 건 너무 위험한 일이죠.
  그날은 그냥 택시를 타고 우회하세요.

— 끝까지 자기 발걸음으로 가는 것에 의미가 있는 거
  라고!
— 아니, 어떻게 도착하든 마음이 가는 길에 부끄러움
  이 없다면 그걸로 된 거지!

— 몇백 년을 같이 있어도 너는 당최 이해하기 힘들구
  나?! 네가 생각하는 부끄러움이 뭔데?
— 자기 삶을 어둠 속에서 갉아 먹게 만드는 게 부끄러
  움이지.

천사와 악마가 갑자기 나를 사이에 두고 시끄럽게 다투
기 시작했지만, 양쪽의 이야기는 마치 잘 조율된 악기
들이 하나의 악보를 연주하듯 조화롭게 화음을 이루는
듯했다. 틀린 말은 없고 다만, 서로 중요하게 생각하는
것에 차이가 있었을 뿐이다.

— 그만! 제가 알아서 할게요. 이건 저의 길이고. 어차
  피 제가 내기를 하는 건 아니니까요!

그 외침 속에서 나는 작은 깨달음 하나를 얻었다. 긍정

이든 부정이든 어떤 실존적인 물음 앞에서 한 명의 인간으로서는 결코 그것이 악마의 속삭임인지, 천사의 노랫말인지 구별할 수 없다는 것이었다. 결국엔 바라보는 시각의 차이고 내가 어디에 서 있는지, 어떤 것을 희망하고 있는지에 달렸을 테니까.

마침내 악마와 천사가 서로를 응시하며 환하게 웃었다. 그리고 둘은 서로 다른 목소리로 하나의 문장을 읊었다.

― 하긴, 우리만 이 내기를 즐길 순 없지? 산티아고에 도착하면 네가 원하는 걸 줄게.
― 그치만 제가 원하는 게 뭔지 아직도 모르겠는 걸요.
― 너의 길이라고 하지 않았던가? 잘 생각해보시게!
― 네. 근데 정말 원하는 걸 깨닫게 되면 제가 어떻게 하면 되죠?

— 음, 발음에 유의해서 외치도록 해. 그럼 우리가 그곳
   으로 가지!
그리고 그들은 외쳤다.

Verweile doch, du bist so schön!
멈추어라 순간아, 너는 정말 아름답구나!

시계를 보니 어느새 자정 무렵이었다.

— 저는 이제 친구를 찾아서 숙소로 돌아가 봐야겠어
   요. 문이 닫힐 시간이 되었거든요! 자 그럼 마지막으
   로, 악마와 천사님들 저를 위한 기도 하나씩을 부탁
   드려도 될까요?
— 물론!
그때 둘의 모습은 모처럼 자유시간을 부여받은 어린 아

이처럼 천진난만해 보였다.

— *Es irrt der Mensch, solange er strebt.* —인간은 노력하는 한 방황합니다.— 하지만 어둡고 눅눅한 충동의 세계에서도 무엇이 올바른 길인지 당신이 잘 헤아려 가리라 믿습니다. 언제나 한 명의 선한 사람이 되고자 갈망하며 애쓰는 자. 당신을 축복합니다.

어머니의 손길처럼 따뜻한 천사의 기도였다. 그 말이 지나고 악마도 기다렸다는 듯이 내게 속삭였다.

— 불안하고 사나운 꿈들에 뒤척이는 때에도 자신만 잃지 않으면 살아가는 방법들은 절로 깨닫게 되는 법이외다. 쾌락과 행복에는 만족이란 게 없는 법이니, 영원히 그것을 쫓을 수밖에 없는 게 인간의 고된 숙

명이지요. 그러니 때가 되면 외치는 겁니다. 멈추어라 순간아, 너는 정말 아름답구나! 그리하면 영원한 행복으로 당신을 인도해드리지요.

19.

사랑한다. 사랑하지 않는다. 사랑한다. 사랑하지 않는
다. 사랑한다. 사랑하지 않는다.

마지막 꽃잎 다 저물 때까지

사랑한다. 사랑하지 않는다.

90.

침대에 누워 머리맡에 작은 라이트를 켜두고 책을 읽었다. 이 느낌이 정말 좋다. 나른하게 졸음이 쏟아지는 와중에 졸린 눈으로 활자들을 보고 있으면 나 역시 한 편의 시가 되는 듯한 기분이 든다. 황홀한 졸음 속으로 유유히 내려앉으며, 마침내 나는 소리 내지 않고, 드러내지 않아도 내가 찾던 은유적인 단어들이 되는 꿈을 꾼다.

나는 살짝 고개를 드러내 아래를 내려 보았다. 내 침대 아래 칸에서 에밀리도 졸린 눈을 비비며 무언가를 읽고 있다. 에밀리. 이 기분 진짜 좋지 않아? 책을 읽다가 잠 드는 거 말이야! 도서관에서 공부를 하다 몰래 옆 친구 에게 짓궂은 지난 기억을 속삭이듯이 그 밤에 우리는 수더분한 이야기를 몇 번 주고받다가 자신도 모르게 깊은 잠에 빠져버렸다. 농담처럼, 가뿐한 미소처럼.

91.

쉽게 잠을 청하지 못하는 밤이면 테이블 위에 조용히
놓인 유리잔을 집어 들고 침착하게 생각에 잠긴다. 조
심스레 물을 따르고 한 잔 깊게 들이킨 뒤에, 내 안에
수많은 소리들이 흘러가 버리길 꿈꾼다. 적막이 가득한
골목 어귀를 들여다보면, 거기엔 옅은 가로등 불빛만이
희미하게 깜빡일 뿐이다. 이러한 불안은 미닫이 문 틈
아래에 어느새 쌓인 먼지들처럼 돌아보면 무성하게 자
라나 있다.

별다른 이유는 없다. 우리를 잠 못 이루게 하는 것들은
어떤 기묘한 사건이 아니라 진부할 정도로 사소한 오해
나, 걱정들인 것이다. 다시 이부자리로 돌아와 눈을 감으
면 자정 무렵의 고요함은 얼마나 시끄러운 울림이 되어
나를 잠 못 이루게 하는지에 대해 철저히 깨닫게 된다.

때때로 소음보다도 두려운 존재는 이와 같은 새까만 고독이다. 읊조리는 듯한 생각들이다.

새벽은 그만큼이나 모순된 시간들의 합이다. 한없이 조용하면서 이루 말할 수 없는 사고들의 웅성임이 축제를 벌이는 시간. 빈자리가 아스라이 시려오는 시간, 크고 작은 갈등, 무언가를 잇는 균열들, 점점 내게 다가오는 기대와 현실의 무게에 과감히 온통 무너져 내리는 순간, 이 무렵은 마치 현실과 꿈 사이에 존재하는 검열관 같다.

낮과 밤의 사이에서 늘 무언가는 깨어날 것처럼 적극적이었다가, 이내 무료하게 골아떨어진다. 살면서 우리는 스스로에게 얼마나 많이 묻고 대답을 했을까. 한숨을 저울에 달면 기울어지는 것이 곧 내 고단함의 무게일까. 기어코 찾아낸 여백은 딱딱한 굳은살 안에 박혀 있는 것이었다. 열면 무용하고, 열지 아니하면 쓸모가 없는. 바라만 볼 수 있는 자유가 어디 자유인가.

92.

자낙스를 한 알 먹고 잠들 때보다, 당신이 나를 따뜻하게 안아주던 때가 훨씬 더 깊은 수면으로 이를 수 있었던 것 같아. 아침에 일어나서, 서로를 바라보며 잘 잤어? 하고 안부를 물을 때, 실은 그 어떤 약물보다 더 포근한 마음의 위안을 느꼈거든. 때때로 사랑의 화학적 반응은 기적 같은 평온함을 선사하지. 잊고 있던 희망이 봄날의 꽃들처럼 부풀어 오르기 시작하면 당신을 사랑하는 일이 그 어떤 처방보다도 내게 더 큰 힘이었다는 걸 깨닫게 돼.

Es irrt der Mensch, solange er strebt

93.

아직 잠에서 덜 깬 에밀리와 아쉬운 작별 인사를 하고 먼저 길을 나섰다. 새벽이 찾아오고, 어제의 정열이 고스란히 느껴지는 도회지를 벗어나니 이제야 다시 조용히 스스로에게 집중할 수 있을 것 같은 기분이 들었다. 보람찬 땀방울이 서늘한 그늘에서 자연히 말라가는 기분이 좋다. 나도 이 세계에 속해서 유유자적 풍화되는 듯한 기분이 든다. 바람이 나를 스쳤으니 나는 어디에든 존재할 것이다. 흘러가버린 강물이거나, 다가올 가을 하늘의 석양일 수도 있겠다.

94.

La Vie En Rose.
가끔은 인생이 정말로 장밋빛으로 보여.

맞아, 삶은 장미 같은 거지. 아름다운 향과 가시가 혼재하고 있어. 맞아. 우리는 모두 꽃이야. 그래. 때로는 내게 삶은 소나기가 멈추길 기다리는 아련한 눈동자였어. 그런가봐. 삶은 눈빛이야.

그리고 삶은 사랑이지. 좋아한다고 소리 내지 않고 말할 거야. 입모양으로 무성하게 당신의 귓가에 닿을 거야. 고요하지만 분명하게 마주 걷다 마침내 두 손이 포개어지듯이.

맞아. 꽃은 시들고, 비는 지나갈 거야. 눈빛은 멎을 거고 사랑이 흩어지는 날도 있겠지. 그래 하지만, 우리는

바람을 따라 풍경이 될 거야. 향기가 되어서 이 삶을 온
통 물들일 거야.

95.

Rebirth.

길 위에서 울고 있는 순례자를 만났다. 그 울음소리를 따라 걸었다. 그는 눈물을 흘리면서도 걷고 있었다. 나는 그 뒷모습에서 지난 순간의 나를 떠올렸다. 덩달아 나도 울음이 터져 나올 것 같았다. 우리는 아무런 대화도 없이 그렇게 몇 걸음의 간격을 두고 각자의 눈물을 나누며 걸었다. 그 감정은 국가나 인종, 문화를 초월한다. 삶과 인간, 그 자체가 지닌 본질적인 슬픔에 대하여 우리는 보란 듯이 자신의 감정에 솔직한 태도로 나아갔던 것이다. 나는 이 기분을 노트에 고스란히 옮겨두고 싶었다. 하지만 새벽의 찬바람 탓에 손이 얼어서 글씨가 잘 써지지 않았다. 하는 수없이 호주머니에 손을 넣고 잠시 온기가 스며들기를 기다릴 수밖에는 없었다. 그 순간에도 멀어져 가는 그 울음을 정면으로 응시한

Es irrt der Mensch, solange er strebt

채로 말이다.

마침내, 나는 따스함이 깃든 손으로 몇 개의 단어를 노트 위에 적어놓을 수 있었다. 이번엔 그리 어렵지 않았다. 사랑하는 이의 입김으로 얼어붙은 마음이 아련하게 녹아가듯, 그리하여 표현이란 따뜻할수록 더 솔직하고 깊게 전해지는 듯 했다.

사색과 눈물로 걸었던 그 순간은 뭐랄까. 한마디로 말하면 다시 태어난 기분이랄까. 이전의 기억들을 가슴 가득 끌어안은 채로, 과묵하지만 분명한 어조의 울림이 훅 하고 나의 삶을 조망하는 듯한 느낌이었다.

96.

이건 이곳에 오기 전 한국에서 있었던 일인데 잘 들어
봐. 판교에 볼일이 있어서 지하철을 타러 가는 길이었
어. 강남에서 신분당선으로 갈아타는데 갑자기 사람들
이 막 뛰는 거야. 나는 지하철로는 판교에 처음 가보는
거라서 갑자기 막 겁이 나는 거 있지. 나도 뛰어야 할
것 같고, 내가 모르는 무슨 일이 있는 걸까봐 놀랐단 말
이야. 그래서 나도 환승구간에서 한참을 뛰는데, 옆에
서 같이 뛰는 사람한테 물어봤어. 왜 뛰냐고 말이야. 그
랬더니 무슨 뭐라는 줄 알아?

자기도 모른다는 거야.
자기도 모르겠대.

그냥 사람들이 뛰니까 다 뛰고 있었던 거야. 거기서 소
름이 돋는 거 있지. 왜냐하면 나도 그렇잖아. 다들 뛰길

래 그냥 냅다 뛰었던 거잖아. 조금 어안이 벙벙해서 탑
승구에 도착했는데 방금 지하철이 출발했더라고. 그냥
그랬던 거야. 무슨 큰일이 벌어진 게 아니라, 누군가 열
차를 놓칠까 뛰는 모습에 다 같이 달렸던 거야. 근데 몇
분 있으니까 다음 열차가 다시 오더라고. 그걸 타서 나
는 무사히 판교에 도착했어. 그러니까 지금 이게 무슨
이야기냐고?

우리가 한번쯤 생각을 해볼 필요가 있다는 거지. 지금
내가 인생에서 마지막 열차를 고민하는 시기인지, 아니
면 수많은 열차들 중 하나를 선택하는 시기인지 말이
야. 만약에 후자라면 무작정 뛸 필요는 없는 거야.

다음 열차가 또 오니까.

91.

Simple & Honest.

그리 높지 않은 산을 하나 넘고 나니, 긴 메세타 길이
이어져 있다. 한낮의 뜨거운 태양에 입이 바짝 마른다.
체감으로 느끼는 일교차는 갈수록 심해지고 있는 것 같
다. 조끼와 재킷을 벗고 얇은 기능성 티셔츠 한 장만으
로 걸어도 이마에서 땀이 주륵 흐른다. 평평한 지형이
라 그런지 부쩍 자전거를 타는 사람이 많이 보인다. 다
음 대도시인 레온까지는 비교적 따분하고 비슷한 길이
이어져 있어서 많은 이들이 이 길을 빠르게 지나가려고
하는 듯 했다.

나를 앞서 지나가는 사람들이 점처럼 작아져간다. 이제
산티아고까지 거의 절반 정도를 걸었지만, 나는 아직도
내가 그곳에 가까워지고 있음을 제대로 실감하지 못하

고 있다. 무엇보다 오늘의 길은 너무 단조로워서 어떻게든 이 시간을 흥미롭게 만들 사건들이 있었으면 좋겠다는 생각을 했다. 앞으로 며칠 동안은 오늘처럼 지루한 길이 이어질 텐데, 어쩌면 같은 길만 맴돌고 있다는 이 느낌은 고된 일정보다도 내 걸음을 더욱 무겁게 만들어버릴 것만 같아서 한숨이 절로 나왔다.

똑같은 풍경이 이어지다 저기 길 끄트머리에 어떤 건물이 보이면 나는 할 수 있는 한 최대한 극적인 상상들을 두서없이 나열해본다. 그러면 거기까지 가는 대략 한두 시간의 여정을 겨우 버틸 수가 있다. 그렇게 보이는 것들을 오늘의 목적지라고 믿어보면서 다가서면 역시나 아직 한참이나 더 가야 할 길이 계속해서 펼쳐져 있을 뿐이다. 어떠한 소망을 지니고 있기엔 아직 나를 너무 모르고, 그렇다고 마냥 아무런 생각도 없이 걷기엔

이 시간이 별다른 의미를 가지지 못할 것 같은 불안이 시시각각 나를 휘감고 돈다.

이건 실로 일상의 영역에서 내가 느끼던 불안들과 비슷한 심경일 것이다. 가고 있지만 좀처럼 나아가고 있다는 뿌듯함이 생기지 않는다. 이러한 태도를 바꾸지 못하면 산티아고에 도착한다고 한들 나는 과연 무엇을 느꼈고, 어떤 것을 깨달았다고 말할 수가 있을까. 이 불안과 지루함 속에서 내가 소리 없이 증발해버릴 것만 같다.

그저 들판을 바라보면 돌무더기들이 밭 곳곳에서 흩어져 있는 걸 볼 수가 있다. 지나치게 황량하고 쓸쓸해 보인다. 마찬가지로 내 발바닥도 너무 딱딱해졌고, 아니 내가 지금 세상을 바라보는 시각 자체에서는 어떤 희망이나 사랑스러움도 찾아볼 수가 없다는 듯, 어지럽고 고독했다.

91.

진실로 강인한 사람은 섣불리 부당하다고 윽박지르지 않으며 자신이 능력을 지니고 있다는 사실을 억지로 증명하려 하지 않는다. 그런 이들은 되레, 침묵 속에서 사랑을 베풀고, 자신보다 더 어두운 곳에 가려진 이들을 위해 헌신한다. 세상을 바꾸려 하기보다, 오늘날 내 옆에서 도움을 필요로 하는 이들의 곁을 지킨다. 그리고 결국에는 그 풍요로움이 그들의 삶을 비옥하게 만들며 모두가 존경을 품도록 다가서는 것이다. 변화는 소리 없이 잔잔한 곳에서 일어날 때, 더 큰 바람을 불러일으킨다.

99.

그때 소리를 내며 내 뒤에서 달려오는 사람이 있었다.
그의 모습은 아지랑이처럼 희미하게 일렁였다. 하지만
분명 누군가 이쪽으로 다가오고 있다. 손을 흔들며 이
쪽으로 오고 있는 것이다. 나는 그가 무엇을 원하고 있
는지 전혀 알지 못한다. 그저 내 흥미를 끌 수 있는 어
떤 사건이 벌어지고 있음에 감사할 뿐이었다.

— 이봐요. 모자를 놓고 갔잖아요!

나는 그제야 그의 오른손에 들려 있는 어두운 남색의
모자를 발견했다. 그건 얼마 전까지만 해도 내 머리 위
에 놓여 있던 것이었고, 지금도 분명 그 자리에 그대로
있어야만 하는 것이었다. 하지만 나는 모자를 테이블
의자 위에 놔두고 왔다는 사실도 인지하지 못한 채로
몇 시간을 그저 걸었던 모양이다.

나는 길 위의 돌들처럼 잠시 동안 멍하니 표정을 잃었
다. 그건 아무런 감흥이 없어서는 아니었다. 오히려 반
대로 너무 놀라서 딱딱하게 굳어버린 쪽이었다. 그는
몇 시간 전 바에서 만났던 사람이었다. 우리는 가벼운
목례와 눈짓으로 잠깐 인사를 나눈 게 전부인 사이였
다. 하지만 어째서 태어나 처음, 그것도 작은 커피 잔이
텅 비어버릴 때까지의 짧은 시간을 스쳐 지난 누군가를
위해 몇 시간을 쫓아서 걸어올 수 있단 말인가.

영문도 모른 채로 너무 깊은 생각들이 내 안에서 피어
오를 때면 언어가 별다른 효력을 발휘하지 못하는 느낌
을 받는다. 그것이 좋든 싫든 말이다. 나는 먹먹해졌고,
이 고마움을 어떻게 전달해야 할지 알지 못해서 어떻게
든 그에게 내 마음을 전달할 수 있는 무언가를 하고 싶
다는 생각뿐이었다.

Es irrt der Mensch, solange er strebt

— 당신에겐 중요한 거잖아요.

미소와 함께 그 말을 남겨둔 채로 그는 뒤를 돌아 다시 걸어갔다. 그는 이 햇살 아래서 몇 시간을 더 걸어 본래의 자리로 돌아갈 것이다. 볕에 빨갛게 그을린 내 눈매가 차마 그의 모습에서 시선을 떼지 못하고 있다. 나는 웃으면서 고맙다고 몇 번 중얼거렸을 뿐 내 감정에 맺혀 있는 진심 어린 감사의 뜻을 제대로 전달하진 못했다. 어떤 말을 했어야 하는 걸까. 고맙다는 말로는 너무 부족하기만 한데.

어쩌면 세상의 모든 크고 작은 돌들은 이처럼 먹먹한 느낌이 한 명의 가슴을 지날 때, 어디에선가 모습을 드러내는 거 아닐까. 저항하지 못할 감동 앞에서 나는 잠시 딱딱하게 굳어버렸지만, 내 안에 어딘가에서는 이름 모를 향수가 영원한 그리움이 되었을 것이다.

100.

진심을 전해야 할 땐

문장의 간결함이 아닌 이해의 명료함을,

만져지는 물체가 아니라

형체가 없어도 마음으로 다가설 수 있는 용기가 따랐

으면.

Es irrt der Mensch, solange er strebt

101.

슬픔 심어두기.
준비물은 작은 노트와 펜.

외롭고 가슴 아픈 일들은 작은 동그라미 속에 잠시 넣어
두고 마음의 지면 아래 다소곳이 묻어줍니다. 그리고 다
잊은 듯이 살다보면 비가 오고, 햇살이 내리고, 선선한
바람이 불 듯 자연의 풍화와 계절의 뒤섞임으로 그 작은
동그라미 속에서 어엿한 새싹 하나가 돋아날 겁니다.

그때, 우리 가슴 안에 휘몰아치는 복잡하고 섬세한 감정
들, 그 느낌을 잘 경험하고 기억해두세요. 슬픔이 지나간
자리에서 당신이 피어낸 이 작고 연약하지만 소중한 생
명을 기억해주세요. 마음 안에 그토록 향긋한 화단을 품
어보는 일은 놀라운 경험이지요. 언젠가 그 작은 화단이
당신의 삶을 지탱하는 힘이 될 거라고 나는 확신합니다.

102.

네가 나를 해석하려 할 때면

나는 눈을 질끈 감아버려.

네가 의미 없다고 생각하면 정말로 어색한 사이가 되어

버릴까 두렵고

네가 그건 어떤 의미야? 하고 물으면

나도 모르는 의미들에 대해 떠올려야 하니 복잡해.

103

가슴에 너무 깊이 와 닿은 시구를 맞이할 때면 마음이 시리다 못해 발효되는 기분이 든다. 내 감정은 부풀어 오를 대로 자라며 마침내 날아오른다. 그 느낌은 끝을 모르고 하늘 위로 사라져가는 풍선과도 같아서 계속해서 바라보다가도 때가 되면 대기 중에서 영영 흩어지겠지. 그럼에도 내려놓지 못해서 그저 허공을 응시할 뿐이다. 조밀하게 엉켜 있는 마음의 실타래들을 하나둘 풀어가다 여차하면 이토록 긴 굴레에 속한 내 감정이 서글퍼 누구도 알지 못하게 꽁꽁 매듭지어 버릴지도 모르겠다. 낡은 세월과 오래된 느낌 속에서 언젠가는 마주하고야 말겠지. 어떤 순간을 위해 우리가 평생을 살아왔음을. 하물며 그 순간이 때때로 자주, 나와 가느다랗게 스쳐지나고 있음을.

104.

작은 마을 초입에서 희끗희끗 바래진 머리칼을 한 중년
이 덜덜 떨리는 손끝으로 펜을 잡고 무언가를 마구 쓰
고 있는 모습을 보았다. 그는 주변의 시선일랑 아랑곳
않고 한참을 써 내려갈 뿐이었다.

그 느낌이 좋아서 나도 적당한 거리에 앉아서 잠깐의
사색을 즐기기로 했다. 무언가에 몰입하고 있는 사람들
을 보면 어느새 내 가슴은 활짝 열린다. 그는 무엇을 쓰
고 있을까. 어떤 의문이 불러일으키는 빈곳에 대한 열
망을 상상의 이야기로 스르륵 써 내려가 보는 것도 창
작자가 품을 수 있는 낙락한 유희지. 그런 시간이 많아
질수록 내 안에 보다 신선한 이야깃거리가 쌓여가는 것
을 느낄 수 있다.

때로는 어떻게 하면 글을 잘 쓸 수 있을까에 대한 고민

에 사로잡혀서 몇날 며칠을 고심하기도 한다. 물론, 여전히 그것은 완결되지 않은 숙제처럼 내 안에 남아 있다. 왜냐하면 어떤 글이 잘 쓴 글인가에 대한 정의가 그 대답 이전에 선행되어야 하기 때문이다. 기준은 다양하고, 글의 목적에 따라 바라보는 시각도 달라질 것이다. 하지만 그것이 예술가로서의 글에 대한 것이라면 좋은 글에 대한 자기 스스로가 지닌 철학이 있어야만 한다고 생각한다.

주변에 글쓰기를 어렵게 느끼는 친구들의 고민을 들어보면 대개는 스스로 재능이 없는 것 같다는 푸념 쪽으로 초점이 기운다. 글쎄, 재능이 없어서라기보단 언제 꽃 피울지를 알 수 없기에 어려운 건 아닐까. 타인에게 글에 대한 조언을 해줄 정도로 스스로가 뛰어난 사람이라고는 생각하지 않는다. 그래서 그냥 응원할 뿐이다.

원래 글쓰기라는 친구는 수줍음이 많은 녀석이라서, 그것과 많은 시간을 함께 보내지 않으면 친숙해지기가 어렵다고. 마찬가지로 사람들은 흔히 시가 자신이 사용하는 언어의 일부라고 생각하지만, 나는 그것을 독립적인 언어로 보아야 한다고 생각하는 편이다. 다른 나라의 언어를 공부할 때 우리가 수년에서 수십 년의 긴 시간을 필요로 하듯이, 문학이라는 언어를 배우고 자기만의 어투로 자유로이 행하기 위해선 깊은 시간과 노력이 필요하기 때문이다.

무언가를 표현하고자 한다는 건 흥미롭다. 우리는 왜 자기 속마음을 표현하고 싶은 걸까? 누가 알아주지 않아도 일기를 써 내려간다. 아니, 일기는 누구에게 알리려고 쓰는 글은 아니다. 그것은 자기 스스로와 대화하기 위한 행위에 더 가까운 거겠지.

혹시 시는 언젠가부터 내 안에서 자라나고 있던 야생화와 같은 거 아닐까. 그것은 이름도 출처도 모르지만 저마다의 향기를 머금고 있는 언어다. 표기된 문자는 그것에 대한 느낌을 형상화하고 옮겨놓은 것에 불과하지만 그 행위에 동반되는 꽤나 복잡한 사고가 바로 좋은 글을 표현해낼 수 있는 소중한 과정이라고 생각한다. 그리하여 나는 번뜩이는 재치보다, 사건과 사물을 오래, 깊이, 다양한 시선으로 바라볼 수 있는 애정이 좋은 글을 만들어내는 자질이라고 믿고 있다. 아무렴, 그러한 믿음이 글쓰기에만 국한된 것은 아니겠지.

이런저런 생각들이 나를 스쳐 지나고 있는 와중에도 저기 중년의 남자는 여전히 무언가를 쓰고 있다. 나는 다시금 걸어갈 채비를 하고 앞으로 나아갈 테고, 그는 여전히 그곳에서 무언가를 써 내려가겠지. 그렇게 우리가 하는 말과 행동들이 차츰 이야기가 된다. 순식간에 멀어지고, 덧없이 흩어져가는 현실 속에서 자기만이 지니고 있는 시간의 흐름을 마음껏 담아낼 곳 하나쯤이 있다는 건 참 다행스러운 거 아닌가.

찰나의 순간도 한 권의 책으로 표현할 수 있는 것이 문학이고, 한 사람의 인생 그 자체를 몇 개의 문장들로 나열할 수 있는 것도 문학이다. 어떤 것이 정당한 시간의 표현인지 누구도 알지 못하지만 삶과 나의 시차에 관해 대화를 주고받기에는 시나 소설만큼 좋은 친구는 없다고 느낄 뿐이다.

105.

한 가지 팁이 있다면, 하루 종일 정말로 한마디도 하지 않는 거야. 말로 생각이나 의견을 발산하지 않고 내 안에 담아두는 거지. 그러면 의외로 글이 잘 써질 때가 있다니까! 한번쯤 시도해도 나쁠 건 없잖아? 그래도 너무 기대하진 마. 그러니까 이건 그냥 시골 장터에서 근거도 없는 건강지식을 떠벌리는 엉터리 선생의 이야기라고, 한 귀로 듣고 흘려 넘겨도 좋아.

106.

길이라는 건 조금 당황스러운 개념이지 걸어가면 그건 길이 되는 것이고 가지 않으면 그건 내 길이 아닌 거고, 때로는 걸으면서도 내 길이 아닌 것 같다가 뒤를 돌아 보면 어느새 걸어온 순간들이 잊히지 않은 유일한 길이 었다 싶고.

시간도 요일 감각도 사라졌다. 그저 아침에 일어나 채 비를 마치면 또 다시 걷는다. 하지만 나는 살아 있다. 분명 살아서 숨 쉬고 있다. 얇은 작은 점으로 이 공백을 지나가고 있으나 선명한 나름의 선이 되어간다. 앞으로 는 이런 식으로 살아갈 것이다.

Es irrt der Mensch, solange er strebt

101.

+82

― 오빠! 소개팅 할래요?

― 미안, 나 지금 한국에 없어.

― 언제 돌아오는데요? 한국이었으면 했을 거예요?

― 몇 주 뒤에 돌아가. 근데 돌아가도 소개팅 같은 거
   나한테는 무리라는 거 알잖아!

― 알아요. 그냥 안부 겸 장난친 거예요. 오빠는 여전하
   네요.

― 여전하다는 건 언제나 듣기 좋은 말이네.

― 음, 근데 그건 현재에 만족하는 사람들이나 그렇게
   생각하지 않을까요?

다행이었다.

여전하다는 말과 함께 스쳐 지나던 그간의 시간들이 제
법 나쁘지 않아서,

아니 그 일상들이 너무나 고맙고 소중해서.

108.

저기 멀리, 오늘 밤을 머무를 마을이 보인다. 마을은 흥미로운 비밀을 껴안고 있는 사람처럼 얼른 말을 걸고 싶은 형상을 하고 있다. 어느새 내 눈동자는 무엇에 쓰이는 것인지 모를 스위치를 만지작거리고 있는 갓난아이처럼 반짝인다. 이 길은 그 비밀로 가는 문이다. 어쩌면 저 마을에는 창밖을 바라보며 캄캄한 자기 내면을 탐험하는 사람이 있을 것이고, 문을 열고 성큼성큼 조금은 급하게 저녁 끼니를 주문하는 허기진 사람도 있을 것이다. 물론, 에드워드 호퍼의 그림을 좋아해서 그의 전시를 몇 번이나 관람했던 사람이 있을지도 모르고, 두려움 때문에 떠나지 못해 그 곳에 줄곧 머물렀던 사람이 있을 수도 있다.

한 가지 확실한 것은 이제 곧 저 마을에 한 명의 사람이 도착한다는 것이다. 그는 자기 마음속에 그렇게나 커다란 구멍이 있는 줄 미처 모르고 살아가다, 덜컥 마주한 그 빈곳을 무엇으로 채워야 할까 고민하고 있는 사람이다. 무거운 가방을 메고 길을 걷는 순례자다. 그는 어긋나버린 시간을 봉합하려는 듯이 가난하게 사랑을 찾아 걷고 있다. 하지만 그 어둠 속에서 자신과 무엇이 맞닥뜨리게 될지 차마 알지 못한다.

그는 죽음이 오직 영원한 침묵은 아니라는 것을 믿는다. 진정한 침묵은 살아 있을 때 완성하는 것, 이제 곧 그가 갈고닦은 고독이 꽃 피울 시대가 찾아올 거라고 믿고 있다. 평평한 글자 속에서 깊이라는 관념을 읽어낼 수 있다는 듯이, 그의 걸음 속에서는 원근법처럼 멀고도 가까운 마음들이 날아오를 준비를 하고 있다.

Es irrt der Mensch, solange er strebt

109.

엘렌과 케이즈.

그들을 만난 곳은 저녁을 먹기 위해 들어선 레스토랑이
었다. 케이즈는 위스키 한 잔을 마시고 있고, 그 옆에서
엘렌은 열심히 노트북에 무언가를 적고 있었다. 그들도
순례자였다. 주문한 음식을 기다리다가 나도 모르게 하
품이 나왔다. 그러는 와중에 옆 테이블에 엘렌과 눈이
마주친 것이다. 그녀는 그 모습이 재미났는지 웃으면서
내게로 다가와 오늘 걸었던 길에 대해서 이야기를 해
줄 수 있겠냐고 물었고, 그때 마침 케이즈가 한 몫을 거
들며 말을 이었다.

— 아, 글쎄 오늘은 정말로 지루했다니깐 허허.

케이즈의 소탈한 웃음과 엘렌의 소녀 같은 미소에 매료되

어서 나는 금세 그들에게 호감이 갔다. 네덜란드에서 왔다는 부부는 아주 오랜 기간 이 길을 걷고 있었다. 엘렌은 무릎이 좋지 않아서, 차를 렌트해 한 마을씩을 이동한다고 했다. 그녀는 다음 마을에 도착하면 적당한 곳에 앉아서 책을 읽는다, 그리고 남편을 기다린다. 케이즈는 엘렌을 대신해서 길을 걷고 자신을 기다리고 있는 아내에게 그가 바라보았던 풍경들, 걸으며 느꼈던 감정과 생각들, 마주쳤던 사람들에 대해서 이야기해준다. 낭만적인 사랑, 동시에 서로를 진심으로 존중할 줄 아는 사랑이었다.

그들은 그렇게 며칠간을 걷고 다시 자신의 도시로 돌아가서 보통의 하루를 보낸다. 그리곤, 마지막 머물렀던 순례자의 길 위에서 다시 며칠 간 자신들만의 방식으로 산티아고를 향해 나아가는 것이다. 벌써 그렇게 걸은 지가 수개월이 지났다고 했으니, 앞으로 그들이 산티아고에 도착하기 위해선 지금까지 걸었던 시간만큼이 더 필요할 것이다. 아마 가을 무렵은 되어야 산티아고에 닿을 수 있을지도. 하지만 그들은 서둘러 걷지 않는다. 아니 그럴 필요가 없는 것이다.

그저 이토록 동화 같은 시간이 있음에 감사할 따름이라고 했다. 나는 잃어버린 역사의 흔적을 발견한 고고학자처럼 가슴이 두근거렸다. 때때로 마음 안에서 이제 사랑이란 없는 거 아닐까? 하고 속단해버렸던 내가 부끄러웠다. 스스로를 부끄럽다고 느낄 수 있어서 행복했던 건 그때가 처음이 아닐까. 오직, 사랑하는 사람들만이 누릴 수 있는 특권과도 같은 낭만이 있다. 그것은 어디에 있든 서로를 알아보게 한다. 이토록 외로운 세상에서 누군가와 이어져 있다는 것, 함께하고 있다는 것만큼 특별한 감정이 있을까.

110.

성숙한 사랑이란 서로가 지닌 상황을 인정하고 서로 다른 두 존재의 공존을 열렬히 모색하는 행위라고 생각한다. 그러니까 선택적이고 부분적으로 사랑하지 않는 것이다. 그 사람의 어떤 부분만을 사랑하는 게 아니라, 그사람이 지닌 답답하고 멍청한 부분까지 사랑하는 것이진짜 사랑 아닐까?

나를 너무 화나게 하는 네 모습마저 그리워. 사랑했나봐.

/ / / .

엘렌은 이 길 위에서 몇 번 나를 본 적이 있다고 했다. 그때마다 내가 종이 위에 무언가를 적고 있는 모습을 보았다고 했다. 웃고 있는 내 모습에서 작은 행복을 느꼈다고, 그늘 아래에서 노트 위에 글자를 써 내려가는 내가 자유로워보였다고.

그 말을 듣고서 나는 생각에 잠겼다. 언제였더라. 글을 쓰면서 마냥 그렇게 행복했던 건, 아직 이 길에 오르기 전, 다시는 그러한 경험을 할 수 없다고 체념했던 적도 있었다. 무엇과도 바꿀 수 없는 그 사랑, 혼자만의 사색이 아직 다듬어지지 않은 언어로 옮겨지고 있는 순간의 평온을 영원히 잃어버린 줄로만 알았다.

살짝 열린 창문 틈으로 밤의 고독이 방 안을 휘감아 돈다. 다가서니 희미하게 바람의 소리가 들리고, 어둠에

지지 않는 별빛 무리들이 이따금 눈을 깜빡이고 있다. 불온한 것, 이를 테면 사랑하고 싶지만 문득 아주 평범한 날에 덩그러니 다시 혼자가 되어버릴 듯한 두려움들이 그 밤의 색채처럼 무거운 분위기가 되어 내 주변을 넘실거린다.

사랑이란 이 길 위에서 당신에게로 다가서는 모든 여정이겠지. 어디쯤에 당신이 있는지 어디로 가면 당신을 만날 수 있을지 나는 모른다. 막막하고 그저 부질없게 느껴지다가도 어디선가 마냥 당신이 나를 기다리고 있을까봐, 내가 오는 방향을 바라보며 울먹이고 있을까봐 차마 멈추지를 못하겠다.

창가에 비친 내 눈가를 보면 알 수 있다. 나는 아직 미련이 남아 있다고. 시를 좋아하면, 좋아한다고 말하면,

끊임없이 종이 위에 고백하다보면 나는 그쪽에서도 답변이 들려올 줄만 알았었다. 나도 너를 좋아한다거나, 아니면 내 마음 같은 건 이제 더는 받아줄 생각이 없다라거나, 무튼 그런 대답들.

하지만 늘 아무런 말도 없이 나를 바라보고 있을 뿐이다. 아니, 어쩌면 나만 그렇게 홀로 바라보고 있었는지도. 결국엔 그리움이란 소리 없는 낭독에 남겨졌을 뿐이다. 나는 그 침묵 속에서 다만 내 사랑이 지지 않았음을 간절하게 확인하고 싶었던 것 같다. 많이 울고 원망했지만 그럼에도 완벽한 나날들이 있었다. 더는 무엇도 필요하지 않는 순수하고 충만한 믿음이 내 안에 존재했던 적이 있었다.

얼마 만이었던가. 나도 모르게 이 분위기에 푹 빠져서,

표현하고 싶어서, 기쁨에 취하여 시를 쓰는 순간은. 눈물이 핑 돌았다. 언제부턴가 너무 큰 부담이 되어버린 내가 사랑하는 모든 것들이여, 부디 나를 용서해주기를. 달려가 와락 안기는 것만이 사랑이라고 생각했었는데, 때로는 먼저 가서 뒤를 돌아보는 것도 사랑이었고, 닿을 수 없는 네가 멀어지는 걸 보며 눈물 짓는 것도 다 사랑이었던 것 같다. 빠짐없이 사랑해서, 전부 다 기억하고 싶어서 그래서 아팠던 것이다.

#누가 뭐 어떻게 말했다구?

알딸딸한 취기를 머금은 채로 숙소로 돌아왔다. 오늘 숙소에 묵는 사람은 나 혼자인 듯 했다. 난로 앞에 오늘 세탁한 양말과 속옷을 널어두고 잔잔한 음악까지 틀어 놓으니 세상에 제법 부러울 것이 없는 기분이었다. 스트레칭을 하고 난 뒤, 이제 잠을 청하기 위해 불을 끄려는데, 창밖에서 누군가 홀로 곧게 서서 중얼거리는 소리를 들었다. 그 칠흑 같은 어둠도 잠재울 생각이 없다는 듯이 커다란 울림이었다.

— 사람이 위대한 것은 그가 목적이 아니라, 하나의 교량이기 때문이다. 사람에게 사랑받을 만한 이유가 있다면 그것은 그가 지나가는 존재이며 몰락하는 존재이기 때문이다!

아오 시끄러워. 지금 몇 시야. 교량, 과정, 몰락 그리고 저기 연설을 하는 듯한 말투까지, 나는 단번에 그가 '차라투스트라'라는 것을 알 수가 있었다.—젠장 나는 당신 때문에 대학교를 졸업하지 못할 뻔했다고!— 때는 대학교 4학년 마지막 학기에 들었던 문학 수업이었다. 그 수업은 시험이 없는 대신에 한 가지 큰 과제가 있었는데, 그건 한 권의 책을 너덜너덜하게 읽고 그에 대한 자신의 생각을 여백 속에 함께 적어두는 것이었다. 하필 그때 내가 고른 책이 《차라투스트라는 이렇게 말했다》였던 것이다. 커다란 대학 전공 서적 같은 판형에 500페이지를 훌쩍 넘는 두꺼운 책이었다. 내가 읽었던 책 중 가장 어렵고 아픈 책이었다. 졸업을 하기 위해선 그 수업을 꼭 들었어야 했고, 그 수업을 마치기 위해선 차라투스트라가 뭐라고 말하는지를 끝까지 듣고 몰입할 수밖에는 없었던 것이다.

그것은 단순한 이야기가 아니었다. 하나의 철학적 아포리즘을 담은 비유적 문장들로 이루어진 책이었기 때문에 어려웠고, 그 문장들의 의미를 비로소 해석하게 되었을 때에도 실로 그것을 인내하고 실천할 용기가 없었기 때문에 나는 아팠다.

— 이봐요, 차라투스트라…….

내가 지긋지긋하다는 듯한 어투로 그를 불렀지만 그는 아랑곳하지 않고 계속 자신의 말을 이어나갔다.

— 슬픈 일이다! 사람이 더 이상 내면에서 동경의 화살을 쏘지 못하고, 스스로의 활시위를 당길 용기도 모르는 그런 때가 오고 있으니!

그의 단호한 무응답에 나는 생각했다. 맞아, 이 녀석은 쉬지 않고 500페이지의 분량을 자기 혼자 떠들 수 있을 만큼 지독한 녀석이었지. 계속 이렇게 소리쳐댄다면 오늘은 쉽게 잠을 청할 수가 없을 거야. 그렇다면, 그가 관심을 기울이고 들었던 예언자의 말로 그의 환심을 사보자. 나는 책 속에서 차라투스트라의 마음에 파장을 일으켰던 예언의 말을 외쳤다.

— 모든 것은 공허하다. 모든 것은 변하지 않는다. 모든 것은 끝났다.

그제야 차라투스트라는 나의 존재를 인식했는지 내게로 다가왔다. 그리곤 갑자기 그는 나를 와락 껴안는 것이다. 깜짝 놀란 나는 긴장했으나, 이윽고 귓가를 스치던 그의 말에 오랜 피로가 비로소 나지막이 자신의 안

Es irrt der Mensch, solange er strebt

락한 침실로 들어선 것 같은 기분을 느꼈다.

차라투스트라는 이렇게 말했다.

— 당신의 빛이 이 슬픈 어둠속에서도 질식하지 않았으면 좋겠습니다. 바라건대 긴긴 어스름 속에서도 당신의 빛을 잘 간직해주십시오. 그것은 앞으로의 세계에서 더할 나위 없이 먼 밤을 밝혀주는 유일한 반짝임일 것입니다.

나는 그제야 그것이 한때 내가 밑줄 그어놓은 채로 가슴에 묻어놓은 소중한 책 속의 문장임을 알아차렸고, 오랜 시간 잊고 있던 슬픔의 역사 속에서도 내가 사랑한 것들은 여전히 나를 떠나지 않고 주변을 깊이 배회하고 있다는 사실을 깨달았던 것이다. 아, 시간은 거꾸로 흐르지 않고, 슬픔은 되돌릴 수 없다. 내 의지는 연약하여 쉽게 권태와 방황을 반복하지만 나는 기필코 끊임없이 몰락한다 할지라도 내 삶을 제 3자처럼 방관하지 않으리라. 내게는 아직 순진무구한 망각이 있다. 내 감정은 스스로 수레바퀴를 굴릴 줄 안다. 존재는 비극이나, 그 존재를 깨우치는 과정은 춤이고, 웃음이며, 어떠한 벽도 허물어뜨리는 한 줄의 시구라는 것을 믿는다.

그는 유령처럼, 연기처럼 육체를 잃어버린 관념이 되어 밤의 어둠 속으로 사라져갔다. 시끄러운 소리와, 군중의 울림들이 멎은 이곳에서, 나는 그 모든 고요를 끌어안았다.

112.

이제는 나를 그만 괴롭히자.

나는 나를 사랑한다.

크고 작은 어려움에 봉착할 때마다 나는 시간의 온당한

흐름을 믿는다.

3부

우리의 슬픔이 늘 다른 사람의 위로여서 미안했어

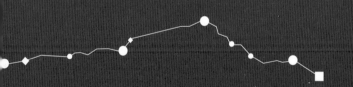

113.

마음을 반듯하게 접어서 서랍 같은 침묵 속에 담아두
는 거야. 그건 어쩌면 일기를 쓰는 일과도 비슷한 거지.
그리고 아끼던 시집을 슬쩍 건네주는 건 접혀 있던 나
를 우연히 읽어줬으면 하고 바라는 걸 거야. 좋아한다
는 건 아마도 우연처럼 드러나고 싶은 비밀인 거지. 단
순히 좋아한다고 말하는 건 입술의 소리로는 다 전해질
수가 없는 일이니까. 말하고 나면 쉽게 달아나버릴 것
만 같은 느낌들이 있어. 그냥 무성하게 전해졌으면 하
고 바라는 거야. 알아줬으면 싶지만, 말하고 싶지는 않
은 그런 마음들이 우리들 서랍 속에서 먼지처럼 희미하
게 공백의 시간을 채워가고 있는 것뿐이야.

114.

— 아저씨, 담배는 몸에 좋지 않아요.
— 하지만 이건 너를 위한 불빛이야.

오늘의 목적지 깔자디아 데 라 꾸에사에 도착했다. 이름
도 어려운 이 마을에 도착하기 위해선 17킬로미터의 곧
게 뻗은 직선 길을 지나와야 한다. 오늘의 총 여정이 대
략 30킬로미터쯤 되니 절반 이상의 길이 같은 풍경을 하
고 있다는 말이다. 내가 지금 어디쯤에 왔는지도 모른 채
로 걷는다는 건 상상 이상으로 힘든 일이었다. 30분쯤 지
났을까 하고 시계를 보면 10분도 채 지나 있지 않았다. 길
은 단순하지만 더 오래 먼 길을 걸었다는 기분이 들 정도
로 복잡한 심경을 자아내는 구간이었다.

허나 오히려 서둘러 걷고 싶지 않은 길이었다. 지금까
지 중 가장 느긋하게 걸음을 옮겼다. 쉬고 싶을 때 충분

히 쉬고, 그늘에 누워 달콤한 낮잠도 청하고 그 지루함을 견뎌내기 위해서 그보다 더 큰 너그러움을 스스로에게 허락했던 것 같다. 그동안 많은 순례자들을 먼저 보냈다. 그중 몇몇은 오늘 내가 묵을 숙소와 동일한 곳에 머물 계획을 가진 사람들도 있었다.

며칠 전에, 실수로 화장품 뚜껑을 닫지 않고 짐을 싸서 가방이 꽤나 흥건하게 젖었던 일이 있었다. 물론, 옷이야 마르면 그만이지만 얼굴에 바를 것이 없으면 이 건조한 날을 견뎌내긴 어렵겠지. 같은 숙소에 묵는다는 순례자 친구에게 나중에 로션을 좀 빌려줄 수 있겠냐고 물으니 그는 그럼! 하고 흔쾌히 고개를 끄덕였다.

멍하니, 시간의 풍화를 몸소 느끼고 있다. 아무것도 하지 않고 이렇게 풍경을 감상하고 있으니, 구원을 받은 존재처럼 스스로의 삶이 풍족해지고 있는 것 같기도 했다. 하지만, 배가 고파지자 오늘 숙소에서 아침으로 나온 빵이 생각났다. 나는 왜 마지막 한 조각을 마저 삼키지 않고 온 것일까! 계속 후회스러웠다. 사람의 생각이 허기로 인해서 이렇게나 간사하게 오락가락해도 되는 걸까. 오늘의 나를 아침 일찍부터 설레게 했던 부엌의 풍족한 빵과 치즈의 풍미가 벌써부터 그리워졌다. 실은 그 순간, 나를 가장 무겁게 짓누르던 후회는 아침에 남기고 온 빵 한 조각과 우유 한 모금의 무게와 같을지도.

천천히 걸었더니 어느새 어둑어둑한 시간이 되었다. 하지만 마을은 보이지 않았다. 이쯤 되면 그래도 눈에 불빛이라도 보여야 할 텐데 하고 조금 의아한 생각이 들 정도였다. 바로 그때, 300미터 정도의 거리를 남겨두고서야 마을은 드디어 그 모습을 드러냈다. 바로 앞에 도착하기 전까지 그 모습조차 드러내지 않는 목적지라니, 성급하게 걸음을 옮겼다면 조급한 마음에 쥐가 나버렸을 것 같다는 생각도 들었다.

그리곤, 저기 익숙한 모습의 순례자가 담배 한 대를 물며 나는 반긴다. 내가 다가서서 담배는 몸에 해롭다고 잔소리를 늘어놓자, 멋쩍은 표정으로 그가 답했다.

— 이건 너를 위한 불빛이야. 네가 이 어둠 속에서 길을 잃어버릴지도 모르잖아. 다시 만나서 반가워.

왠지 모르게 근사한 밤이었다.

115

어쩌면 마음에도 때론 분갈이가 필요한 것 같아. 왜 오
랫동안 분갈이를 하지 않은 화분은 바람도 잘 통하지
않고, 배수도 잘 되지 못해서 쉽게 뿌리가 썩어버리는
것처럼 사람의 마음도 가끔 스스로를 돌아보며 자신의
마음가짐이 적절히 뿌리내릴 수 있게끔 다듬어주어야
한다는 거지.

너무 갑작스레 다른 태도로 삶을 사는 건, 전혀 새로운
토양 위에 나를 놓아두는 것과도 같아. 그러니, 내가 그
곳에 적절히 동화될 수 있도록 조화로운 변화가 요구될
거야. 그리고 새로운 화분에 잘 적응할 수 있도록 스스
로를 위해 흠뻑 울어보는 거야. 하지만 마음을 너무 꾹
꾹 눌러 담아서는 안 돼. 그럼 뿌리가 상할 수 있어서
안에서부터 곪을 수가 있거든.

기억해. 스스로가 가끔 시들시들해졌다고 여겨지면 이따금 분갈이로 새 출발을 해보는 것도 좋을 것 같아.

116.

한낮의 열기가 식어갈 무렵, 밤의 거리에는 비 냄새가
가득했다. 하지만 충분히 머금고 마침내 일제히 쏟아지
려는 듯, 습한 기운이 가득했지만 비는 내리지 않았다.
일기예보를 보니 며칠 뒤부터 산티아고에 도착할 때까
지는 내내 비와 눈 소식이 있었다. 나는 그때, 천사와
악마가 나를 두고 한 내기를 떠올렸다. 하지만 누가 내
기에서 이기든 내게 중요한 것은 이 길 위에서 내가 가
슴으로 받아들인 것들에 대한 의미들이다. 나는 꼭 걸
어서 산티아고에 도착할 것이다. 장대비와 폭우 속에서
도 당당한 한 명의 순례자가 될 뿐이다.

111.

나는 자주 말문을 잃는다.

그건 마음을 앓는 것과 조금 유사한 일이다.

말을 하려다가도 그냥 없었던 일로 하기로 하는 경우들
이 있다.

하지만 어떤 마음도 이내 없었던 일이 되지는 않는다.

되돌릴 수 있는 것은 없다.

그저 켜켜이 내면에 쌓여 있을 뿐이다.

나아가지 못하고 내 안에서 방황하는 말들을 보며

때때로 쓸쓸해서 멍청하게 바보 같은 일들을 실행으로
옮긴다.

제 갈 곳 없는 말들이

차츰 내 안에 쌓여갈수록

길이 없는 방향으로 이름 없는 단어들은 울음을 터뜨릴
것만 같다.

하지만 발음하지 않는다.

입을 벌렸다가 한숨으로 잦아드는 광경에서는

희미하고 흐리멍덩한 표정들이 있다.

나는 가끔 언어를 잃고 혼자서 끙끙 낮은 소리를 낸다.

옅은 미소 뒤에 가려진 마음들이

목적을 잃고 다만 초라해진다.

쉬고 싶다.

어려운 생각들로 달아나고 싶다.

되도록 아주 멀리, 다시는 나를 찾을 수 없는 곳으로.

116.

새벽 무렵 까미노의 길 위에는 핑크빛 기류들이 감돈
다. 그것은 종종 일몰보다는 더 채도가 높아서 마치 아
직 꿈에서 덜 깨어난 듯한 느낌을 선사했다. 아직, 많은
이들의 하루가 시작되기 전 거리 위에는 가빠지고 있는
내 호흡들만이 안개처럼 유유히 내려앉을 뿐이었다. 하
지만 얼마 지나지 않아 희미하게 오르간 소리가 들려왔
다. 소리의 진원으로 다가서니, 작은 성당의 문이 열려
있었다. 아마도 그 소리들은 이곳에서 흘러나오는 것이
겠지. 조심스레 들어서자 몇몇 사람들이 눈을 감고 기
도를 하고 있었다.

나로서는 표면적으로는 '기도를 한다'라는 것의 의미에
대해 알고 있으나, 그 이상에 대해서는 제대로 이해하
고 있지 못했다. 어째서 우리는 희망을 품고 기도를 하
는 걸까. 종교적인 의미에 국한되지 않더라도 누구나

마음속으로 간절한 기도를 올릴 때가 있다. 논리도, 이성도, 인과관계도 없는 그 과정을 우리는 왜 지속해나아가는 걸까.

작은 초 하나에 불을 밝혀두었다. 그리고 소원을 빌었다. 이루어지지 않아도, 누군가를 위해 기도를 한다는 건 내 마음의 짐을 조금 가볍게 만들어주는 것 같기도 했다. 그것은 당신을 위한 바람지만, 동시에 나를 위한 것이었다.

내 소원은 언젠가 당신을 이해할 수 있게 되면 좋겠다는 것이었다. 내 마음이 궁핍하고 보잘것없는지라 당신의 깊은 외로움이 어디에서 시작되어 어째서 나를 향한 화살이 되었는지 나는 알지 못했다. 비록, 우리는 손을 잡고 연애를 했을지언정 진심으로 서로의 마음속을 들여다보았는지에 대해서는 영원한 의문으로 남겠지. 가령, 내가 그때 당신을 이해한다고 말을 했다고 할지라도 당신은 그 말에서 어떠한 사랑도 읽지 못했을 것이다. 그래서 나는 이해하지 못하겠다고 말했고, 우리는 남이 되었지만 어쩌면 당신을 절대로 이해하지 못하겠다는 말만이 우리의 유일한 진실이었을 수도 있겠다.

대체로 사랑은 그 자체로 모순이다.

119.

언젠가부터 내 안에는 누군가를 있는 힘껏 좋아할 만큼
의 용기가 사라진 것 같아요.

120.

레온으로 가는 길은 역시나, 따분했다. 오후에 잠깐 비가 쏟아졌는데, 잠시 우비를 꺼내 입을까 하다가 그냥 많은 비가 아니니 그대로 걷기로 했다. 빗줄기는 시간이 갈수록 얇아졌고 덕분에 시원한 그늘에서 걷는 정도의 기온으로 걸을 수가 있었다. 이제 거울을 보면 얼굴 왼쪽이 확연히 더 까맣게 그을렸음을 금세 알아차릴 수가 있다. 손등이나 목도 마찬가지다. 걷는 동안 햇살이 줄곧 왼쪽에 떠 있는 시간이 많았기 때문일 것이다.

며칠 전에는 귓등이 자꾸 따갑고 간지러워 무슨 벌레에라도 물렸나 싶어 자세히 살펴보니—만약 베드버그에 물렸다면 곧장 약을 바르고 짐을 소독해야 한다. 그렇지 않으면 내 가방이나 옷가지 사이에 숨어 있다가 계속 나를 물 것이고, 다른 숙소에까지 벌레들이 옮겨갈 위험이 있기 때문이다—햇살 때문에 화상을 입은 것이었다. 선크림을 구석구석 잘 발라주지 않으면 화상을 입을 만큼의 뜨거운 볕 아래서 걷고 있으면서도, 밤이 찾아오면 침낭 없이는 도저히 잠을 청할 수 없을 정도의 추위를 경험하고 있다.

벤치에 앉아 다리를 주무르고 있는데, 동네 고양이들도 비를 피하는 생각인지 옹기종기 모여서 각자 자기 할 일을 하고 있었다. 흰 줄무늬가 있는 고양이는 자기 털을 쓰다듬고, 검은 고양이는 지붕에서 한 방울씩 떨어지는 빗방울을 낚아채는 장난을 치고 있다. 얼굴에 점처럼 얼룩이 있는 고양이는 무슨 생각을 하는지 근엄한 자세로 먼 곳을 응시한다. 나는 별로 그 녀석들을 방해하기는 싫어서 조용히 내 휴식에 집중했다.

헌데 문득 갑자기 그런 생각이 드는 것이다. 고양이처

럼 살고 싶다고. 자고 싶을 때 자고, 장난 치고 싶을 때 장난을 치고, 배가 고프면 사냥을 하는. 아, 그러고 보니 작가 나쓰메 소세키도 고양이를 참 좋아했더랬다. 오죽하면 고양이의 시선을 담은 두꺼운 책 한 권을 썼을까. 별다른 줄거리도 없지만 인생에 대한 고양이의 색다른 시각에 피식 웃음이 나는 책이었지. 무엇보다 인상 깊었던 건 그 책의 첫 문장이었다.

— 나는 고양이다. 이름은 아직 없다. 어디서 태어났는지 도무지 알 수 없다.

굳이 500페이지의 두꺼운 원고를 다 읽지 않아도, 첫 줄로 이미 재밌는 독서가 되어버린다. 그러고 보니 어쩌면 작가는 그런 고양이가 되고 싶었을지도 모르겠다. 어디든 자유롭게 갈 수 있고, 어떻게 살아가다 죽음에

이를지라도 아무도 크게 신경 쓰지 않는, 이름도 출처
도 모르는 고양이. 고양이처럼 화를 내고 싶을 때 화를
내고, 배가 고플 때 음식을 먹고, 울고 싶을 때는 목청
껏 누구의 시선에도 구애받지 않고 울 수 있다면 설령,
누구에게도 알려지지 않은 삶이라도 나름대로는 즐겁
게 살아낼 수가 있을 것만 같다.

깔끔하게 내려놓으면 자유로워지는 것들이 있다. 어쩌
면 인간 사회에서 그건 이름이나 평판 같은 사회적인
지위가 아닐까. 그 와중에도 고양이들은 지금 이 순간
스스로의 감정에 최선을 다하고 있다. 나는 다시 걸을
채비를 하면서 엷고 나직하게 냐아옹! 하고 고양이들에
게 인사를 건넸다. 덕분에 즐거운 사색이었으니.

/ 2 / .

'냐아옹!'에 대한 의역

괴로운 건 안 하면 돼. 억지를 부리려고 하니까 괴로운
거잖아!? 그렇지?

122.

몇 해 전, 나쓰메 소세키의 생가를 방문했던 적이 있었
다. 오늘처럼 비가 오다가 그치길 반복하는 날이었다.
그 사람이 이곳에서 저 유리문을 통해 풍경을 바라보며
글을 썼다고 생각하니 가슴이 마구 두근거렸다. 백 년
이라는 시간을 거슬러 내가 방금 막 이 자리에 도착한
기분이랄까. 다음에는 사랑하는 사람과 함께 와서 구마
모토를 산책하고 기억에 남은 그의 한 소설을 읊어줘야
지. 하고 다짐했었다. 비록 아직은 그 '다음'이 오지 않
았지만 언젠가는 꼭.

123.

거울.

한번 가슴에 품어버린 것들은 지우개로 같은 결로는 지울 수 없는 거야. 마찬가지로 조금 더 진한 색으로 덮어버린다고 해도 없던 것이 되는 건 아니잖아. 심해에 가라앉은 오래된 역사의 흔적처럼 지상의 걸음들은 그 무언의 시간에 대한 호기심을 잊지 못하지. 맞아, 그래서 마음을 가지고 있다는 건 그토록 피곤한 일이지. 지울 수도 없고, 덮어놓을 수도 없어. 때로는 아주 큰 각오를 하고 날카로운 이빨들이 그것을 도려내려 할 때에도, 잠깐 환멸의 시간들 속으로 안일한 용서를 구해볼 뿐이지.

어떤 인간도 스스로에게 좋은 사람이었다고 결백할 수는 없어. 우리가 정말로 원하는 건 욕망이 아니라, 그

욕망이 해소되었을 때의 느낌이거든. 하지만 무엇도 해소되지 않아. 허무와 반성과 또 다른 욕망이 우리들의 마음에 커다란 구멍을 만들어내지.

텅 빈 가슴을 정확하게 일깨워주는 것은 어디에도 존재하지 않는다는 걸 알면서도, 우리는 믿으려 하지 않는 거야. 어쩌 보면 희망과 망각은 종이 한 장의 차이도 지니고 있지 않잖아. 우리는 구조적으로 미완성일 수밖에 없어. 절박하게 응수해도 그 사실은 바뀌지 않아.

하지만 온 세상이 정확한 사실을 토대로만 이루어져 있는 건 아니거든. 오히려 그 반대야. 자기 연민과 사랑, 동정과 구애, 믿음과 용서, 형체도 없고 소유할 수도 없는 비논리적인 감정들이 우리를 지탱해주는 축이 되는 거야. 어떤 것이 현실이고 무엇이 환상일까. 그것을 알 수 없기 때문에 슬픔이 존재하는 건 아닐까. 인간은 불안을 느끼는 데 탁월한 존재인 것 같아. 언제쯤이면 나는 진정한 나와 대면할 수 있을까. 아니, 그런 내가 존재하기는 한 걸까.

124.

잘 모르는 도시에서 우연히 만나볼까요. 산책을 하면서 동물 울음소리를 흉내 내볼까요. 밤 커피를 마시고 잠 못 들어도 좋아요. 큰 신호등이 보이는 창가 자리에 앉 아서 초록불이 바뀔 때마다 웃어줘도 되나요. 말라버 린 꽃잎에도 눈물은 있나요. 생각이 많아 뒤척이던 날 엔 오늘 걸었던 거리의 불빛들을 떠올릴까요. 일 년 뒤 에 펼쳐볼 편지를 써보는 건 어떨까요. 그때도 당신은 내 곁에 있을까요. 계절이 바뀔 때마다 우리 기억을 옷 장 한 편에 가지런히 정돈해둘까요. 사라지지 말자구 요. 에둘러 가도 서로를 스칠 수 있는 걸음이길 바라요. 난감하지만 꿈이 아니라고 말해줬으면 좋겠네요. 괄호 속에 표기된 이야기들도 당신 목소리로 들려줄 수가 있 나요. 씩씩하게 너무 불안하다고 말해도 될까요. 내 호 주머니에 있는 것들을 전부 다 주고 싶어요. 지폐 몇 장 과 동전 심지어는 작은 먼지들까지. 설마요. 당신을 반

만 좋아할 수가 있는 게 어디 좋아하는 건가요. 너무 미
워도 좋아한다구요. 그냥 그렇다구요.

아, 그리고 오늘 여기까지 오자고 한 건 이 문장을 읽어
주고 싶어서였거든요.

— 운명은 문득 이 두 사람을 한 집에서 만나게 했을
 뿐, 그밖에는 아무것도 말하지 않는다.

소세키의 소설 《풀베개》에 나오는 문장인데요, 조금 더
걸으면 그 책에 나오던 길도 나오고, 산마루에 있다는
찻집도 나와요.

그러니까 이 이야기를 왜 하고 있느냐하면요. 우리가
만나서 서로를 알아보는 것까지는 어떻게든 운명이 맺

어다 준 결과라고는 해도, 이제부터는 '나'와 '당신', 그리고 '서로'를 아끼고 사랑하는 방법을 찾아서 최선의 노력을 다해야 한다는 말을 하고 싶었나 봐요. 상황이나 배경을 탓하지 말고 그냥 우리에게 있는 서로간의 마음에 최선을 다할 수 있는가 하는 말이에요. 약속해 줄 수 있나요?

/ 25.

본래는 통증이 오면 불안함을 느껴야 하는데, 이제 발
바닥에서 통증이 오지 않으면 되레 더 불안함을 느낀
다. 혹시나 감각이 완전히 무뎌진 거 아닌가 하는 두려
움이 앞선다. 어제 잠들기 전에 레온에서 머물 숙소를
이리저리 찾아보았는데, 한국인 사이에서 단연 인기가
많은 숙소가 있어서 그곳으로 향하기로 했다. 허나 모
든 게 예정대로 된다면 그게 어디 산티아고로 향하는
길이겠는가. 오늘도 성실하게 걸었으나 계획은 곧장 수
포로 돌아가고 말았다. 숙소 관리인이 말하길 오늘은
단체 예약 손님이 있어서 침대가 다 찼다는 것이다.

대도시 숙소들은 예약도 받는구나……. 산티아고를 불
과 얼마 남겨두지 않고서야 깨달은 사실이었다. 숙소
에 가장 먼저 도착했지만 내 자리는 없다. 예컨대 성실
하게 살아간다고 해서 늘 내 몫을 지킬 수 있는 건 아니

다. 부조리한 일들은 언제나 일상을 파고든다. 하지만 그때마다 목에 핏대를 세우고 분노했다면 내 목소리는 일찍이 다 쉬어서 제 기능을 상실했을 거다.

어떻게 해야 할지를 모를 땐, 일단은 현장을 벗어나는 게 중요하지. 그 사건을 잠깐이라도 과감히 잊을 수 있는 여유가 허락된다면 어떻게든 부조리한 현실에서도 버텨나갈 수가 있다. 그것은 침묵하는 것이 아니라, 용서하는 부류의 행위다. 어쩌 좀 미련해 보일 수도 있다만, 모쪼록 내 삶엔 그러한 관조적인 태도가 나를 더 사랑하는 방법에 가깝다는 생각이 들었다. 따지고 싸워서 쟁취하는 것보단, 양보하는 게 덜 피곤하다. 그렇지 않아도 내 삶엔 지켜야 할 것들이 너무 많으니까. 이를테면 이것도 일종의 선택과 집중이려나.

그래, 점심이나 먹자. 꽤나 호기롭게 다짐을 하고서 거리를 배회하는데, 글쎄 눈앞에 '버거킹'이 보였다. 당장에 달려가서 햄버거 세트를 주문하고 역시 대도시, 속세가 최고라며 속으로 연신 감탄사를 남발했다. 배가 부르니, 숙소에서 퇴짜를 맞은 건 별로 생각도 나지 않았다. 그때 마침, 옆 테이블에 앉아 있던 대학생들이 인사를 건넸다.

— 부엔 까미노.
— 그라시아스. 감사합니다. 근데 레온에 괜찮은 알베르게 알고 계신가요?
— 아, 저기 길 건너에 바로 있어요! 10유로!

길 건너에는 큰 성당이 있었고 그 옆으로는 성당에서 운영하는 대학이 자리하고 있었다. 그들도 그 학교의

학생이라고 했다. 햄버거를 다 먹은 후 곧장 길을 건너서 알베르게에 들어갔는데, 세상에 자동문이라니. 배정받은 방은 6인 1실로 화장실도 내부에 있는 깔끔한 방이었다. 비록, 조리 시설은 갖추어져 있지 않은 곳이라 요리를 해먹을 순 없지만, 침대 옆에 콘센트도 하나씩 배열되어 있어서 꽤나 만족스러웠다.

따뜻한 물로 샤워를 하고 가파른 졸음이 나를 휘감아 돌았다. 아직 레온을 제대로 둘러보지도 못했지만, 조금은 더 그 느낌 속에 나를 머물게 하고 싶었다. 그간의 피로를 제대로 해소해주지 못한 탓인지, 몇 분이 지나자 나는 그대로 깊은 잠속으로 빠져버리고 말았다. 아직 머리카락도 다 못 말렸는데.

126.

계절이 바뀌고 있습니다. 낮은 그렇게 아주 조금씩 밤
보다 더 오래 우리 곁에 머무르려 합니다. 아슬아슬하
지만 우리는 그 변화와 결코 무관하지 않습니다. 몇 번
의 계절이 느린 춤을 추듯 익숙한 방향으로 나아가면
우리들도 동이 트는 새벽 쪽으로 눈을 비비고 일어서며
때로는 슬픈 표정을 지어보기도 합니다.

사라졌다는 말보다는, 흘러가버렸다는 말이 조금은 더
위로가 될까요. 오늘도 어떤 이의 일기 속에는 때를 잊
은 고백들이 쌓여만 갑니다. 곱게 쌓여가는 들녘의 낙
엽들이 종일 바스락거리며 지난 봄 그늘 아래 누군가의
울음소리를 흉내 내어봅니다. 이부자리를 정돈했지만
별다른 갈 곳이 없어 다시 가지런히 그 위에 몸을 뉘었
습니다. 계절이 바뀌고 있습니다. 우리는 그 변화와 결
코 무관하지 않습니다.

나는 어떤 행위들 속에 부산물은 아니길 바라요. 제가
바라는 건 그저 나였으면 하는 것이죠. 근데 그 사실을
아시나요? 아직 아물지 않은 곳에서 향기가 난다는 것
을요. 내게서 향기가 머무는 동안은 적어도 나는 오직
나이길 바란다는 뜻이에요. 그러니까 이 벌어진 틈이
나예요. 완성되지 않은 유령이라도, 그게 나예요.

121.

교복을 입은 어린 내가 보였다. 어머니와 함께 손을 잡고 어딘가를 향하고 있다. 지금은 추억이지만 그 시절에 나와 엄마에겐 가볍지 않은 아픔이고 도전이었을 것이다. 중학교 1학년 무렵이었나, 그때 처음으로 엄마와 정신과에 갔다. 그 뒤로도 몇 번은 더 갔던 기억이 있지만 정확하게 생각나지는 않는다.

나는 약간 침울한 얼굴을 하고 있다. 지금은 정신의학과에서 진료나 상담을 받는 일이 그렇게 큰 대수는 아니지만, 작은 도시에서 그것도 얼굴만 봐도 누구집 아들인지, 어디에 사는지 대강은 알 정도로 이웃간의 담장이 낮은 마을에서, 아이의 손을 잡고 정신과를 방문한다는 건 쉬운 일이 아니었을 거다.

주차장에 내리니 한쪽으로는 폐쇄병동이 보였다. 나는

Es irrt der Mensch, solange er strebt

이제 다시는 가족으로부터 사랑을 받지 못하게 될까봐 가슴 한 편에 불안과 조바심을 느끼기도 했던 것 같다. 설문지를 작성하고 의사 선생님이 묻는 몇 가지 질문에 대답을 하고 나니 진료는 끝이 났다. 아, 무슨 뇌파 같은 것도 측정했던 것 같기도 하고. 과정은 의외로 간단했다.

중학생 때는 유독, 일상에 적응을 못했던 것 같다. 단순히 사춘기 시절 감정의 기복이라고 넘어가기는 어려울 만큼 나는 시시때때로 무기력해졌다. 물론, 외부적으로는 누구와 다를 바 없는 평범한 아이였지만.— 아, 아무래도 그건 아닌가. 너무 많이는 아니고 조금만 이상한 아이정도—우리 집은 아파트 9층이었는데, 밤에 종종 발코니에서 창밖을 보며 충동적으로 날아오르고 싶다는 생각을 하기도 했던 것 같다. 딱히, 내 인생이 너무

힘들거나 현실이 각박해서 그런 것은 아니었지만 하루
하루의 일상들에 왜 이렇게 에너지를 소비하며 피로를
쌓아가야 하는지에 대한 의구심이 컸던 이유일까. 실은
어째서 그렇게 공허했는지에 대해서는 잘 모르겠다. 잘
모르니까 병원에 갔겠지.

그렇게 진료는 끝났고, 내 상태에 대한 의사 선생님의
소견을 기다렸다. 원무과에서는 정신병원의 진료기록
을 남지 않게 하는 방법에 대해서 설명해주었다. 아마,
그 당시에는 여기에서 어떤 치료나 상담을 받았다는 기
록 자체만으로도 사회적 불이익을 받을 수 있는 분위기
였기 때문이었던 것 같다.

하지만 어머니는 나를 숨기지 않았다. 내 손을 잡고 병
원을 나서는 동안에도 가슴을 좀 펴고 당당하게 걸어도

된다고 말했다. 고개를 반쯤 숙인 채로 엄마 손을 잡고 걸어가던 내가 마주했던 건 햇살에 늘어진 엄마와 나의 그림자였다. 외로웠지만 누군가와 이어져 있어 그나마 견딜 수가 있는 어둠의 형태였다. 그것은 내가 태어나 처음 마주한 사랑의 실체였다. 어머니는 나를 부끄러워 하지 않았다. 숨기려고도 하지 않았다.

#오늘도 기억의 서재는 열려 있습니다

추억은 늘 열려 있는 서재 같다. 나는 서재야말로 사람과 사람이 만나 대화를 건설할 수 있는 최고의 장이라고 생각한다. 대화란 주고받는 것이 아니라 쌓아 올리는 것, 이는 마치 콘크리트와 철근의 열팽창계수가 우연히도 동일하기 때문에 그것으로 구조물을 만들어낼 수 있는 이치와 같다.

사람들은 우연히 만나서 대화를 나눌 순 있어도 서로간의 말이 지닌 어는점과 녹는점이 다르면 결코 그 대화가 무르익을 순 없다. 따라서 대화가 잘 통한다는 건, 같은 온도에서 마음이 활기를 띨 수 있다는 것이다.

생각해보라. 지금 내 앞에 소설가 구보씨와 박제가 되어버린 천재가 함께 식사를 하고 있다고. 그들은 아마도 꽤나 이야기가 잘 통하는 구석을 지니고 있을 것이다. 대화를 통해 그들만의 축제를 벌일 수 있는 서재가 둘 사이에는 활짝 펼쳐질 가능성이 충분하다는 이야기다.

역시나 구보와 박제가 된 나는 집을 벗어나 길 위를 배회하는 일이 잦다는 것으로부터 서로에게 이끌릴 것이다. 이야기는 그들의 의식을 주체로 뿌리를 뻗어 나무가 되고 울창한 숲을 이루겠지. 허나 구보씨에게 거리는 관찰과 인식의 대상일 것이고, 나에게 거리는 분절된 자아들이 겨우 날아가지 않게 하는 지지대로서의 역할에 충실할 뿐이다. 역시나 그들은 다른 존재다. 이 사람이라면 나를 이해할 수 있겠군, 이라고 생각하다가도 덜컥 실은 누구도 한 명의 인간을 제대로 알아차릴 수 없다는 것에 동조하며 어색한 미소를 지을 뿐이다.

내가 그들에게 사랑이 무엇인가 물으면 그들은 식은땀

을 흘릴 것이다. 하지만 속으로는 생각하곤 하겠지. 박제가 된 나는 그것이 아내와 조용히 마주 앉아 마음을 턱 내려놓고 해괴한 저녁밥을 먹는 것이라고 중얼거린다. 잃어버린 것, 외로움마저 침착하게 일상으로 짓눌러 버리는 것, 말 없는 서로의 적막 사이로 부스스 우울한 비만 하염없이 쏟아지는 것. 그것이 사랑이라고. 그 말은 들은 구보는 떠올린다. 자신의 나약한 용기로 놓쳐버린 것. 이제 흘러가버려 어쩔 수 없이 그리워할 뿐인 것. 찾고 싶지만 좀처럼 방법을 몰라 영영 냉랭한 권태만이 오지 않는 편지처럼 기억 속을 더듬거리는 것. 그것이 사랑이라고.

기억의 서재에서 한동안은 그들은 아무런 말도 없이 자신의 사랑을 해석하고 있다. 하지만 진정한 대화란 자기 세계를 깊이 탐구할 수 있게 도와주는 것이니, 그들

은 서로를 좋은 친구로 받아들일 수밖에는 없겠지. 먼
지 냄새가 가득한 서재에서 두 사람은 참 오래간만에
취한 걸음으로 집으로 돌아선다. 하지만 누구도 다음에
또 만나자는 이야기는 하지 않는다. 까닭은 모두에게
다르겠지. 하지만 분명한 건 모든 게 다 해석이라는 것
이다. 주관이 있으면 오역이 생긴다. 그것을 모를 우리
가 아니기 때문이다.

126.

잠에서 깨니 내 옆 침대에서 누가 열심히 휴대폰으로 메시지를 보내고 있었다. 나는 그가 다른 순례자이겠거니, 생각을 하고 잠시 그대로 누워 있었다. 인기척을 느꼈는지 그는 내게로 다가와 잘 잤냐고 물었다. 나는 아직 피로하지만, 그래도 썩 나쁘지 않은 컨디션이라고 답했다. 자세히 보니 그는 성직자 같은 차림을 하고 있었다. 나는 아직 졸음이 채 가시지 않은 모습으로 자리에 앉아 어색한 침묵이 지나가기를 기다릴 뿐이었다.

— 안녕하세요. 저는 페데리코라고 합니다.

— 반가워요. 저는 님이에요.

— 님? 그게 당신의 본명인가요?

— 아니요. 그냥 예명인데 이게 발음하기엔 더 편하실 거예요.

— 음…… 하지만 기도를 할 땐 아무래도 본명이 더 좋

Es irrt der Mensch, solange er strebt

으니, 이름을 가르쳐줄 수 있을까요? 제가 당신을 위해서 기도해드릴게요.

왜인지는 알 수 없었지만 그의 눈가는 너무 숭고해서 거짓을 고하면 한동안은 큰 죄책감에 시달릴 것만 같은 느낌을 주었다. 나는 이름을 가르쳐주었고 그는 어렵사리 발음하는 내 이름에 익숙해지기 위해 몇 번 그것을 연달아 되뇌었다.

— 저는 교황님의 명을 받아서 이곳 성당에서 순례자 분들을 위해 기도하는 일을 하고 있어요. 실례가 되지 않는다면 오늘, 저와 함께 성당을 한번 둘러보지 않을래요?

때때로 대화를 나누다보면 차마 거절을 할 수 없게 만

드는 어조를 지닌 사람들과 마주하게 된다. 페데리코도 그러한 사람 중 한 명이다. 그의 말투는 마치 선악의 관념이 없이, 그저 순수한 호기심만이 남아 있는 듯한 기분이 든다. 하지만 나는 선뜻 그의 요청에 응할 수가 없었다. 제대로 된 신자도 아닌 내가, 감히 신부님과 함께 성당에 가는 게 옳은 일인지에 대한 갈등이 있었기 때문이다. 나는 신을 믿지 않으니까.

129.

— 하지만 저는 신을 믿지 않는 걸요.

담담하고 또박또박 나는 내 감정을 전달하려고 노력했
다. 헌데, 페데레코의 입가에서 전해진 다음 한마디에
나는 무엇으로도 거부할 수 없는 울림에 사로잡히고야
말았다.

— 괜찮아요. 내가 당신을 믿으니까요.

그는 내 어깨에 가벼운 두드림처럼 손을 올렸다. 그 압
력은 일순간 본능적으로 나를 깨우쳐주는 다독임이었
다. 아, 이 사람은 나를 변화시키려는 게 아니구나. 그
저, 딱딱한 내 일상에 아주 재미난 사건 하나를 더해주
려는 거구나.

그리고 그는 호주머니에서 꽤나 무게가 나가 보이는 열쇠 꾸러미를 꺼내들었다. 그 표정은 절대로 흔히들 생각하는 성직자의 온화함이 아니었다. 마치, 어떻게 장난을 치면 더 놀라운 사고뭉치가 될 수 있을지를 고민하는 꼬마 같았다. 찰랑찰랑 열쇠들의 마찰음이 방 안에 울려 퍼지고 있다. 그 소리는 어둠에 감춰진 달의 모습처럼 보이진 않아도 허공에 분명 존재하고 있다고 믿어볼 만한 마음속의 나지막한 순수함 같았다.

나는 줄곧 누구에게나 어느 순간, 자기 내면에 비뚤어진 무엇을 바로잡을 수 있는 계기가 다가온다고 믿고 있었다. 그리고 어쩌면 그게 오늘이 아닐까.

Es irrt der Mensch, solange er strebt

130.

아무도 모르게 혼자서 울어본 적이 있는가. 나는 그 물음에 전적으로 시인할 수밖에는 없는 입장이다. 하지만 대체로 그 밤을 떠올려보지 않으려고 노력한다. 언젠가 눈이 부시도록 밝은 햇살 앞에서 그만 내가 너무 초라해져서는 가던 걸음을 멈추고 집으로 돌아온 날이 있다. 나는 곧장 편지를 썼다. 누구에게도 보내지 않을 편지였다. 받는 이도, 가야 할 주소도 없는 편지를 부쳐본 사람들은 안다. 삶의 광활한 아름다움 앞에서 어쩔 수 없이 냉소적일 수밖에 없는 스스로의 처지가 얼마나 부끄럽고 쓸쓸한 것인지를. 하지만 더욱 슬픈 것은 그 고독을 우리가 때때로 잊어버리고 살아간다는 것이다.

131

비밀의 방.

— 페데레코 정말 이렇게 막 들어가도 되는 거야?
— 민준, 너는 나에게 정말 소중한 존재야. 나는 언제나
　너를 생각했고, 너를 기다려왔고, 너에게 해줄 수 있
　는 것을 생각해왔어.

그는 열쇠꾸러미를 이리저리 흔들며 오래된 성당의 닫
힌 문들을 모두 열어버릴 작정인지도 모르겠다. 하지만
분명 그것은 나를 두근거리게 하는 일임에 틀림이 없었
다. 아직 알지 못하는 세계의 문을 열어젖힌다는 것은
한 명의 여행자에게는 더할 나위 없는 축복과 다르지
않으니까.

우리는 신부님의 방, 예배를 드리기 위해 준비하는 장

소들, 먼지가 가득한 창고들과 신부님들이 아침에 모여 식사를 하는 곳까지 차례로 들어가서 구경을 했다.

— 민준, 혹시 네가 다음에 이곳에 다시 오게 된다면 이
  번엔 그땐 이 방을 내어줄게.

문을 여는 압력으로 인해 맞은 편 창가의 커튼이 흐느
적거렸다. 방의 느낌으로 말하자면 온갖 재미난 사건을
다 알고 있는 수다쟁이의 앙다문 입술처럼 생겼다. 오
래된 목조 침대에 슬쩍 기대앉으니 그것은 삐그덕, 하
고 신음하며 지난 세월 자기 위로 몸을 누이던 수많은
이들의 꿈들을 토해내는 듯한 소리를 내곤 했다.

— 근사한 방이야. 정말 내가 다음에 이곳에 온다면 여
  기에 머물러도 될까?

— 그럼! 며칠이든 괜찮아. 나는 너를 내 소중한 동생이
라고 생각하고 있으니까.

성당의 중심에는 바깥으로는 드러나지 않는 정원이 있
었다. 잠시 동안 말없이 그곳을 거닐었다. 내가 풍경을
감상하는 것이 아니라, 그 풍경이 나를 읽어 내려가고
있는 기분이었다. 이 장소는 이제 내 청춘의 증인으로
기억되겠지. 그날, 이곳에서 나를 읽어 내려갔던 정취
를 오래도록 잊지 못할 것 같았다.

얼마 지나지 않아, 내가 감기로 인해 코를 훌쩍이는 걸
느낀 페데레코는 나를 데리고 커다란 식탁이 있는 부엌
으로 데려가 따뜻한 커피 한 잔을 내려주었다.

— 그래서 민준, 너는 어떤 사람이야?

— 나는 어떤 사람…… 글쎄, 내가 느끼는 많은 것들을 언어로 표현해보고 싶어. 요즘 들어 드는 생각은, 그냥 내가 하고 있는 일들과 내가 추구하는 분위기들이 나를 설명하는 가장 쉬운 배경은 아닌가 하는 거거든.

— 그럼, 내 이야기도 책에 나오는 건가!?

— 응…… 아마도.

— 아마도라니!

페데레코의 눈빛이 반짝였다.

— 민준, 네가 어디에 있든, 슬퍼할 때든, 기뻐할 때든, 언제나 내가 너를 위해서 기도할 거야. 네가 쓰는 책도 많은 이들에게 그런 따뜻한 기도가 될 수 있으면 좋겠어.

내 눈시울이 붉어지는 것을 느낀 그가 다시 한 번 가볍
게 내 어깨를 다독여주었다. 그와 이메일 주소를 주고
받고, 같이 저녁 미사에 참석한 뒤에 내 침대로 돌아왔
다. 페데레코는 미사 내내 아이폰으로 누군가와 메시지
를 주고받고 있었는데, 그는 미사가 진행되는 내내 여
간 가만히 있지를 못하고 꼼지락거렸다.

그러다 나랑 눈이 마주치면 웃긴 표정을 지으며 어떻게
든 그 고요한 적막을 깨뜨려는 시도들을 했다. 나는 가
까스로 웃음을 참았지만 그는 계속해서 나를 난감한 상
황에 처하게 하기 위한 함정을 모색했다. 그 모습으로
보아, 역시나 평범한 신부는 아니었던 것이다. 로마에
서 교황님과 함께 있다가 갑작스레 그가 이곳으로 발령
을 받게 된 건, 어쩌면 예배시간에 장난을 치다가 걸린
벌이 아닐까 싶은 생각이 들 정도로. 아무렴, 나는 그런
고정관념 밖에 머물고 있는 그의 모습에서 친숙하고 따
뜻한 인간다움을 느낀 건 아니었을까.

132.

공기 중에 흩어져 있는 수분이 발걸음을 더욱 무겁게 한다. 하늘은 잔뜩 상기된 표정으로 나를 바라보고 있다. 곧 폭풍이 휘몰아칠 것만 같다. 이제 순례자의 길 후반부다. 지금의 속도라면 일주일쯤 뒤에는 산티아고 대성당 앞에 있는 순간을 만끽할 수가 있겠지. 하지만, 기쁘다거나 후련하다거나 하는 감정들과는 다르게 마음이 조금 복잡해지는 걸 느꼈다. 스스로도 알아차리지 못한 작은 이물질이 감정의 소화기관 속에서 쓸쓸히 배회하는 것만 같다. 나는 호주머니 속에 두 손을 찔러 넣고서 혹시나 구김이 간 마음들이 있는지 자꾸만 허공을 만지작거려본다. 이따금 미묘하게 소외된 무엇이 있음을 잊지 않았다는 듯이.

— 올라, 아저씨는 여기에 살아요?
— 네. 필요한 것들은 여기에 다 있으니까요.

간만에 만난 오아시스였다. 간이 가판대에는 여러 과일
과 빵, 커피들이 놓여 있어서 누구나 자유롭게 그것을
이용하고 원하는 대로 기부를 하면 되는 방식이다. 따
뜻한 커피 한 잔과 바나나를 들고 적당한 곳에서 잠시
휴식을 취하기로 했다.

— 심심하진 않아요?
— 지루함이나 평화로움 같은 건 생각하지 나름이겠죠.

그는 밭에서 풀을 뜯으면서 미소를 짓고 있었다. 나는
속으로 생각했다. 얼마나 많은 마음의 문을 열고, 높고
낮은 길을 걸으면 저런 얼굴을 하고 태연히 살아갈 수

가 있을까. 외로움은 스스로에게 주어진 소중한 고우^{故友}라는 듯이, 그는 그저 스스로 할 수 있는 일들을 묵묵히 수행하는 것에서 만족을 느끼는 듯 했다. 자신이 현재 서 있는 위치를 의심하지 않는다는 건 특별한 수단으로 획득할 수 있는 감정이 아니라, 자연히 그 사람에게 무르익는 용기가 아닐까. 그것은 감히, 가지고 싶어도 쉽게 가질 수 없는 부류의 감정일 것이다.

이름 모를 꽃들과 무성한 풀이 자라 있던 뜰 뒤로는 엉성하게 균형을 이어나가고 있는 오래된 벽돌담과 슬레이트 지붕이 즉흥곡처럼 햇살에 연주되고 있다. 바람이 지날 때마다 어느 틈엔가 벌어진 균열들 속으로 그의 인생이 흘러가는 것 같다. 정확히 기억해내긴 어렵지만 분명 청령한 음이었다.

134

어쩌면 걷는다는 건 인간이 지니고 있는 가장 오래된 비유일 것이고, 침묵한다는 건 가장 깊은 은유일 테지. 누구에게나 열려 있지만 각자에겐 오직 유일한 길, 어떤 말도 할 수 있지만 그저 조용히 바라보는 것으로 대신하는 고요의 세계. 폭도 높이도 다르지만 길은 연결되어 있고, 언어도 문화도 다르지만 눈빛은 반드시 닿는다. 때때로 펼쳐진 안개는 창가에서 흩날리는 희미한 커튼처럼 빛에 물들고, 그 안에서 투명해진 우리는 어느 때보다 진실한 자기 자신을 만나고자 희망할 따름이다.

135.

방구석에서 혼자 소설을 쓰고 있던 때, 다른 사람들은 다 조금씩 무언가를 이루고 있는 것 같아 내가 한없이 작아 보이던 그 순간에도, 다만 나의 취향과 세계를 묵인하지 않는 삶을 살아내고 싶었던 것이다. 그 마음가짐 하나로 깊은 침묵의 나선을 걷고, 스스로를 다독이곤 했었다. 그 당시에는 미래를 위해 부단히 현재를 희생하고 있다고 생각했었으나, 돌이켜보니 내 삶에서 가장 반짝이던 순간이 바로 그때, 스스로의 행복을 절실히 추구할 때는 아니었던가. 언젠가 또 다가올 불안과 상념 또한 허투루 묵인하지 않겠다. 내 삶의 시제는 어긋나 있어도, 종이위에서 만큼은 어디에도 얽매이고 싶지 않으니까.

136.

길을 헤매고 있는 것뿐이야. 실패한 것이 아니라, 아직
조금 더 가야 하는 것뿐이야.

Es irrt der Mensch, solange er strebt

131.

우비를 입고 걸으면 덜컹이는 열차에 올라 미련에 잠긴
사람이 되는 것만 같다. 이따금 코를 훌쩍이며 길게 뻗
어진 길을 걸었다. 멀리 바라본 풍경을 안개가 감싸고
돈다. 저기 저 언덕만 넘으면 온화한 풍경이 금방이라
도 나를 안아줄 것만 같다.

하지만 햇살이 모습을 감추니 기온이 금세 영하권으로
떨어져버렸다. 바에 들어가 따뜻한 차 한 잔을 마시며
몸을 녹였다. 지도를 살펴보니 오늘의 목적지가 얼마
남지 않았다. 첫 출발점에서 지금까지의 거리를 돌아보
니 마음이 사뭇 애틋해진다. 아니, 나라는 존재를 인식
한 지난 순간부터 오늘에 이르기까지, 그 모든 여정은
내 가슴을 얼마나 전율케 했던가. 피로와 권태로 색깔
을 잃어가던 내 삶이 다시 조금씩 되살아나려 한다. 이
제는 마냥 빗속을 걷는 일이 두렵지 않다.

131.

라바날 델 까미노.

마을에 도착하니 두 개의 숙소가 서로 마주보고 있었다. 하나는 공립, 다른 하나는 사립 숙소다. 나는 사립 숙소로 걸어갔다. 별다른 이유가 있어선 아닌데, 그냥 입구에 밝혀진 등이 조금 더 따뜻해 보였기 때문이랄까.

가지런히 줄을 지어 있는 침대와 침구류들, 슬쩍 바라보기에도 숙소는 깔끔해보였다. 운이 좋게도 라디에이터 옆 침대에 짐을 푸는 찰나에 다른 순례자들이 숙소에 들어와서 꽤나 북적이는 방이 되어버렸다. 길 위에서 만나 줄곧 함께 걷고 있다는 한국인 조이 누나와 이탈리아에서 온 파비오는 따뜻하고 인정이 많은 사람들 같았다. 우리는 같이 저녁 식사를 만들어 먹기로 했다.

Es irrt der Mensch, solange er strebt

오랜만에 만난 한국인이라 반갑게 우리말로 대화를 하는데, 글쎄 내 말투가 너무 경직돼 있어서 스스로도 좀 어색한 느낌이 들었다. 조이 누나에게선 친근한 인간미가 느껴졌다. 말투에는 묘하게 사람 마음을 안정시키는 리듬감이 있었는데, 나는 그 기분으로 미루어보아 그녀가 어린 학생들을 가르치는 선생님은 아닐까 하고 생각했었다.—공교롭게도 예상은 맞아떨어졌다. 우리는 파스타와 치즈, 채소들과 쌀, 그리고 이 밤에 빠질 수 없는 맥주를 가득 품에 안고 숙소로 돌아왔다. 비는 잠시 주춤했고, 마을은 서글서글한 반짝임으로 오늘을 배웅하는 저녁이었다.

식사를 만들려는 찰나에, 다른 순례자 한 명이 더 숙소에 도착했다. 꽤나 늦은 시각까지 걸어서인지 그녀는 조금 지쳐 보였다. 그 친구는 까미노의 마지막 코스를 걷기 위해 이곳에 왔다. 이렇듯 이 길에선 많은 이들이 자신에게 알맞은 노선을 선택할 자유가 있다. 첫 모습은 차가워 보였지만, 웃는 모습이 따뜻한 제시도 함께 저녁을 먹기로 했다. 그 친구는 채식을 해서 따로 육류가 들어 있지 않은 리조토를 만들어주었다. 처음 만난 사이지만 꽤나 깊은 온정이 깃든 식사가 차려지고 우리는 서로의 길을 응원하며 허기와 피로를 달랬다.

139.

다시 장대비가 쏟아져 내렸다. 그 소리가 얼마나 큰지 모두가 다시 자리에서 일어나 창밖의 날씨를 확인할 정도였다. 아직 마르지 않은 신발 안에 신문지를 돌돌 말아놓으며, 찝찝한 마음을 조금이나마 달래보는 시각, 그때 누군가 내게로 다가왔다. 그녀는 비쩍 말랐고, 코는 오뚝했다. 찬바람을 많이 맞았는지, 양 볼은 새빨갛게 상기되어 있었다. 반듯하게 머리를 묶고, 생긋 웃고 있는 사람, 제시였다.

— 저기 님! 내일은 어디까지 걸을 거야?
— 음, 아마 날씨를 보고 생각해봐야겠지만 아마도 폰
    페라다까지 걸어갈 것 같아.
— 방해가 되지 않는다면 같이 걸어도 될까?
— 그럼, 하지만 힘이 들거나 서로 걷는 속도에 차이가 난
    다는 생각이 들면 꼭 말해줘. 우리는 언제든 속도를 맞

출 수도 있고, 각자 서로의 길을 걸을 수도 있어.

— 응. 고마워. 굿 나잇 나의 첫 까미노 친구.

— 굿 나잇. 제시.

이윽고 날이 밝아왔다. 오늘은 길 위에서도 가장 높은 고지대를 지나게 된다. 창밖은 옅은 비와 함께 세찬 바람이 휘몰아치고 있었다. 모자가 바람에 날아가 몇 번을 되돌아가야 했는지, 고도가 높아질수록 더 강해지는 바람에 때로는 몸이 휘청거릴 정도였다. 제시는 내 속도에 곧잘 따라왔다.

하염없이 오르막길을 오르는 중에 문득, 집이 너무 그립다는 생각을 했다. 담벼락처럼 쌓인 책들과 책상 위에 조금은 두서없게 흩어져 있는 물건들, 좋아하는 향수를 뿌리고 외출을 하고 싶고, 혼자 맥주와 떡볶이를 먹으면서 영화를 보고 싶기도 했다. 아, 어쩌면 내가 화장실 불을 켜놓고 온 건 아닐까. 확실히 보일러는 외출로 돌려놓고 왔는데. 아무래도 화장실 불을 켜놓고 온 것만 같아. 그렇게 이런저런 나의 일상들에 대한 그리움들을 떠올리고 있으니 어느새 나는 마을이 작은 소꿉놀이 장난감같이 보일 정도로 높은 곳 위에 당도해 있었다.

140.

원이 되지 못한 원.

새까만 연필로 아무리 정교하게 원을 그려도 그건 정확
하게는 원이 아니겠지. 우리는 무언가를 축으로 돌고
있지만, 정작 그것에 다가서는 방법은 모른 채로 태어
났다. 점과 점 사이에 수많은 선분들이 평면 위에 무엇
을 축으로 해야 할지를 몰라 방황하는 것이 삶인가. 설
령 그 공간을 겨우 내가 곧게 뻗은 팔로 한 바퀴를 이어
나갔을 때의 면적으로 한정한다고 해도, 중심을 지나는
조건을 만족시키면서, 끝에서 끝으로 다가서는 선을 그
리는 횟수는 무한대에 가까울 만큼 많을 것이다.

태어나 죽음으로 이르기까지, 자신의 내면을 깊이 관통
하여 나아간다면 그것은 실로 행복한 삶이라고 단정지
어도 충분하지 않을까. 하지만 감당하기에 어려울 만큼

수많은 시도들에도 불구하고, 겨우 몇 가지의 조건을 이행하는 것은 평생의 세월로도 부족하다고 느껴진다. 아니, 어쩌면 도중에 우리는 멈추고 말겠지. 부질없다고 주저앉아 다른 곳을 보겠지.

가끔 책상에 앉아서 아무것도 하지 않고 생각을 한다. 나는 그것이 허공으로 흩어져가는 나를 잠깐 지상에 붙잡아주는 조용한 주문이라고 믿는다. 그냥 홀로 앉아서 생각하는 것이다. 나는 뭔지. 내게 주어진 이 하루는 무엇인지. 오늘 하늘은 왜 이렇게 흐릿한 건지. 과학이나 논리가 아니라, 내가 살면서 쌓아온 지식과 감정들의 총체에 훌쩍 마음을 던져 고민하는 것이다. 물론, 당장에 나에게 별다른 도움은 되지 않는 것 같다. 하지만 틈틈이 나는 그 허황된 시간 속에서 작은 희망을 엿보기도 한다. 정말이지 애정을 가지고 무언가를 바라보면

Es irrt der Mensch, solange er strebt

어느새 보이지 않던 무엇이 보이는 것 같다. 나는 그것
이 우리들 자신의 삶에도 곧잘 적용되기를 꿈꾼다.

141.

거대한 돌의 무덤이다. 그 중심에는 단단한 기둥이 십자가 형상으로 자리하고 있었다. 말로만 듣던, 철의 십자가다. 지금껏 나는 손아귀 안에 작고 단단한 돌 하나를 수시로 움켜쥐며 걸었다. 그리울 때마다, 마음이 쓰리거나, 다리가 욱신거릴 때마다 나는 가까스로 정신을 집중하면서 그 심정을 조그마한 돌에게 전달하기 위해 노력했던 것이다.

매끄럽고 부드럽지는 않지만 담담한 표정으로 내 모든 감정에 조용히 고개를 끄덕여주었던 돌, 결코 완벽한 원은 아니었던 그 돌, 수많은 거리 위에서 보잘것없이 굴러다녔으나 마침내 내 품 속에서 체온으로 이어져 있던 돌.

마침내 높은 산맥의 중심에 수많은 돌들로 이루어진 무

Es irrt der Mensch, solange er strebt

덤 같은 장소에 도달했을 때, 거기에는 많은 사람들이 스스로가 품어왔던 돌 하나를 내려놓고 무언가를 떠나 보내고 있었다. 누군가는 눈물을 흘렸고 누군가는 개운한 듯 웃어보였다. 그 장소에 품어왔던 나의 돌을 내려 놓았을 때, 아주 잠깐 돌의 울음이 내게로 닿는 듯한 기분을 느꼈다. 오직 나만이 느낄 수 있는 슬픔의 역사처럼 그것은 내 안에 조용히 스며들었다. 개운할 줄 알았으나 오늘 밤은 하늘에 반짝이는 모든 별들이 내가 지녔던 작고 조용한 돌멩이처럼 느껴질 것만 같아, 쉽사리 걸음이 떨어지지 않았다. 허나 애써 울지 않고, 차분히 나는 스스로에게 말했다.

우리의 슬픔이 늘 다른 사람의 위로여서 미안했어.

그것은 언젠가 지난 연인과 나눈 마지막 안부였고, 동

시에 지금까지의 내가 스스로에게 건넸던 서운함에 대한 고백이었다. 마음의 상처들은 옅어지긴 하겠지만, 결코 완전히 지워지진 않겠지. 근원적인 슬픔을 언어적인 아름다움으로 그려내는 일은 때때로 나와 상대방을 너무 깊은 외로움 속에 머물게 했다. 하지만 써야 한다. 미련이 남아서가 아니라, 그것이 내 존재의 의미이기 때문이다.

너무 사랑하지만, 그 사랑하는 것들이 나를 너무 아프게 한다. 언제나 나를 진심으로 울리는 것들은 한사코 내가 사랑하는 무엇이었다. 하지만 한 번도 스스로에게 진심 어린 사과를 구한 적이 없었다. 인내하고, 묵묵히 참고 견디는 것만이 할 수 있는 유일한 처방이라고 묵인해버리고 말았던 것이다.

늘, 좋은 사람이고 싶었다. 누구보다 나 스스로에게. 그것은 얼마나 어렵고 먼 길을 동반해야 했던가. 하지만 결국 스스로 비겁하다고 생각했던 쪽이 더 어려운 길을 가기 마련이었다. 언제나 제자리걸음처럼 숱한 자기 비난과 합리화의 늪에 빠질 수밖에 없었던 건, 단 한 번, 제때 나를 안아준 적이 없어서는 아닐까. 나는 이제야, 늘 함께였으나 그 속을 헤아려주지 못했던 자신에게 뒤늦은 화해를 청해보려고 한다.

있잖아,
우리의 슬픔이 늘 다른 사람의 위로여서 미안했어.

142.

결국 스스로 비겁하다고 생각했던 쪽이 더 어려운 길을
가기 마련이다.

Es irrt der Mensch, solange er strebt

143.

낯선 도시에서 그녀와 함께 이어폰을 한 쪽씩 나눠 들으며 걸었다. 우리는 세상에서 자신의 존재를 완전히 잊은 사람들처럼 그날의 분위기에 동화된 듯 했다. 나는 그 작은 우산 속에서 그간 힘겹게 자기 자신을 짓누르던 권태로부터 조금씩 해방되고 있음을 느꼈다. 오래된 성벽 주변으로는 온갖 고요함이 내려앉아 있다. 빗소리가 주변에서 서성이며 이제 남은 것이라곤 사랑에 빠지는 것 말고는 아무것도 없다고 말해주는 것 같다.

허나 분위기에 힘입어 서로를 품에 안기에는 아직 되찾고 싶은 열렬한 감정들이 있다는 것을 나는 무시할 수가 없었다. 나와 그 사람에겐 과거와 현재가 있지만, 함께할 미래 같은 건 선택지에 주어져 있지 않은 탓일까. 아니, 용기가 있었다면 어떻게든 시간을 이끌고 나아갈 수 있었을 거다. 끝내 나는 망설였고, 망설인다면 그건 사랑이 아니라는 생각이 들었을 뿐이겠지. 어쩌면 그 사람도 같은 생각이었을까. 간간히 작은 웃음으로 마주 보다가, 다시 걸음을 돌려 현실로 돌아오는 길. 그럼에도 그 시간은 쓸쓸한 방랑기가 아니라, 드러나지 않은 순진무구의 비밀들이어서 기뻤다.

영영 말하지 않고 내 안에 있을 때, 더 아름다워지는 마음들이 있다. 세월이 더해지면 나는 그때 엉겁결에 좋아한다고 말하지 않아서, 여전히 그 추억을 기쁘게 회상해볼 수도 있겠지.

144.

폭우 속에서의 며칠은 너무 고단했다. 발가락에서 극심한 통증을 느꼈다. 어쩌면 발톱이 통째로 빠져버리는 건 아닐까. 그러면서도 나는 이 아픔이 아무것도 일어나지 않고 있는 공허함에 비하면 얼마 정도의 고통일지에 대해서 비교해보고 싶었으나, 이내 그건 좀처럼 쉽게 판가름할 수 없는 일이라는 것을 깨달았다. 슬픔을 객관화한다는 건 얼마나 어려운 일인가. 나는 새삼 내게서 떨어져 나간 무언가들이 정말로 나만큼 괴로웠을지 대해 한번쯤 묻고 싶기도 했다.

그러다, 제시가 어제 저녁 숙소에서 어떤 순례자가 근육통에 바르던 약이 실은 항우울에 좋다는 건강 오일이라는 걸 말해주었을 때는, 그 약을 철썩같이 믿고 있던 그 사람의 얼굴이 떠올라 픽 웃음이 터져 나오기도 했다.

계속된 빗속에서 걷는 일은 마치 청춘의 익살스러운 농담 같은 기분이었다. 마음이 시시때때로 조마조마해지지만, 전혀 중요하지 않은 사사로운 사건들—하지만 분명 흥미로운 것에는 틀림이 없는—로 인해 그 불안이 해소되기도 했으니까.

145

우리는 부쩍 말수가 줄어들었다. 연신 오르막과 내리막
을 반복하는 길이다. 산 중턱을 오르니 어느새 비가 눈
으로 바뀌고 있었다. 기온이 떨어지고 있다.

— 이것 봐. 눈이 오고 있어.

내가 그녀에게 말했지만, 거친 숨소리에 그녀는 한 걸
음을 옮기기에도 힘겨운 듯 보였다.

나는 그 침묵을 감히 무너뜨리고 싶지 않았다. 그녀는
현재 자신의 내면에 깊이 몰입하고 있는 거겠지. 사람
을 존중하는 방법에는 여러 가지가 있겠지만 그중에서
도 중요한 것은 말을 해야 할 때와 침묵을 지켜야 할 때
를 적절히 헤아리는 일인 것 같다.

그렇게 말없이 이어진 길 위에서 더욱이 세상을 다 덮어버릴 듯 내려오는 눈은 그 안에 소리를 한 움큼 삼켜버린 채로 얼어버린 듯 더할 나위 없이 고요했다. 마침내 그 균형을 무너뜨린 것은 그녀의 울음 소리였다.

나는 그 눈물의 의미를 알지 못한다. 하지만, 누구나 그렇듯 이 길 위에서 호흡하면 자기 스스로의 내면에서 아직 안아주지 못한 진심과 마주하기 마련인 것이다. 그 울음의 시간이 자신을 충분히 스쳐 지나갈 수 있도록 나도 묵묵히 앞으로 나아가는 일에 집중할 따름이었다. 얼마 뒤, 그 울음소리마저 멎어버렸을 때 나는 호주머니 속에서 제법 따뜻하게 데워놓았던 손을 꺼내 그녀의 손을 꼭 잡아주었다.

울먹이는 눈매와 앙다문 입술이 새하얗게 여백이 되어

가고 있는 배경 속에서 반짝였다. 우리는 잠시나마 서로의 쓸쓸함을 구원해주기 위해 한사코 있는 힘껏 서로를 끌어안았다. 여전히 눈이 내리고 있다. 어쩌면 완전히 고립되어 버릴지도 모르겠다. 입김을 나누며 춥지 않느냐 물으니, 덕분에 견딜 만하다고 그 사람이 마침내 웃어주었다.

나는 그때 기적처럼 맑은 소리를 들었다. 새하얗게 이 고독 속에서 오직 서로만이 알아들을 수 있는 독백이었다. 우리는 다시 걸어야만 했다. 이를 테면 아직 반밖에 읽지 못한 흥미진진한 책을 겨우 덮어놓는 사람처럼 마음은 그곳을 향해 있지만 몸은 현실의 책무를 위해 나아가는 중이다. 잠시 마주 닿아 있던 마음이 위성처럼 적당한 간격을 두고 서로를 맴돌고 있다. 그 순간에, 분명한 것은 오직 망설임이 멎어버렸다는 것이었다.

#이방인으로 살아간다는 것

눈보라를 뚫고서 도착한 마을에는 아직 온기가 느껴질
만한 장소는 모두 문을 열지 않았다. 내 몸은 그때 비명
처럼 부르르 떨고 있었다. 젖은 머리칼은 얼어붙었고
신발 속으로는 흐느낌 같은 눈의 주검들이 유언도 없이
그저 나를 적시고 떠날 뿐이다. 혹독한 추위 속에서도
더욱 나를 힘들게 했던 것은 끊임없이 밀려오는 졸음이
었다. 근처에 식당이나 카페가 문을 열기까지는 아직
시간이 남아서 우리는 간신히 눈이 내리지 않는 곳에서
몸을 숨기고 있을 뿐이었다. 내가 졸면 곧장 제시가 나
를 흔들어 깨웠다. 그럼에도 계속된 열소실은 나를 심
문하듯이 계속해서 꿈속으로 데려갔고, 사뭇 어눌해진
발음 속에서 방아쇠를 당기듯 이야기 속으로 힘껏 나를
밀어 넣었다.

그곳에는 재판을 기다리는 한 명의 남자가 있었다. 마

치 기면증처럼 선잠이 내려앉은 듯한 표정을 하고 있던 사내였다. 이름은 묻지 않았다. 그는 자신이 사형선고를 받았다고 말했다. 그러나 비로소 해방을 앞두고 있는 사람처럼, 자신은 그 서글픈 휴식으로 곧장 걸어갈 것이라고 고했다. 그는 자신을 이끄는 것은 오직, 정다운 무관심이라고 고백했다. 나는 본능적으로 우리가 초면이 아니라는 사실을 인지했다. 하지만 이렇게나 가까이에서 그와 대화를 나눈 것은 그날이 처음이었다.

— 이봐요, 젊은이. 당신은 슬픔이라는 게, 그러니까 슬프다고 하는 감정이 감히 바깥으로 드러날 수 있는 거라고 생각하십니까?
— 글쎄요. 기쁘다는 건 종종 이유를 몰라도 괜찮았지만, 슬프다는 건 대개 끈질기게 그 원인을 알고 싶었어요. 하지만 정말로 슬프다는 느낌이 들었을 때는

혼란스러움만이 있을 뿐이었고…… 그래서 주구장
창 도망쳤던 것 같기도 하구요.

— 당신은 적어도 대화가 통하는 사람이군요. 다행입
니다.

— 무엇이 다행이라는 건지…….

— 일생을 숨죽이며 살아왔던 거죠. 마음을 교류할 수
있는 친구를 만나기 위해서 말입니다. 하지만 죽기
전에 적어도 대화가 이어질 수 있는 누군가를 만났
다는 게 큰 축복이 아닐 수 없군요.

— 왜 그렇게 끝을 재촉하는 거죠?

— 슬픔을 정확하게 짚어내고 싶었습니다. 사랑하는 가
족이, 그것도 어머니가 돌아가셨다는 말을 들었을
때, 눈물이 나지 않았어요. 사람들은 제가 울지 않는
다는 이유로 저를 감정도 없는 껍데기라고 단정지었
지만, 진정한 슬픔이란 오직 눈물로 설명되는 건 아

니지 않나요?

— 물론, 저도 정말이지 커다란 서러움에 당도했을 때
  엔 울고 싶다는 생각조차 들지 않았던 때가 있어요.
  울지 않는다고 해서 사랑을 모른다고 하는 건 억지
  라고 생각해요.

— 저는 감정의 노예가 아니라, 그저 함께 걷는 사람이
  고 싶었습니다.

— ·······.

— 잘 알지 못하는 채로가 아니라, 정확하게 슬퍼하고
  싶었을 뿐입니다.

그는 정말이지 섬세하게 고립되어 있었다. 하나의 섬처
럼 혼자만의 방처럼. 어쩌면 그는 이 세계에서 자기 자
신의 불온함을 곧이곧대로 받아들인 인간이었다. 마치
접속사 하나 없는 한 권의 책처럼 그는 스스로에 대한

생각을 가감 없이 나열할 뿐이었다. 누구의 시선에도 아랑곳하지 않고. 그것은 '어떤' 의미에서는 실로 엄청난 자부심과 용기가 있어야 가능한 일이 아니던가.

— 뫼르소. 어쩌면 당신이 눈을 감기 전에 내가 도움이 될 만한 일이 있을까요?

그 물음은 내가 그에게 건넬 수 있는 최선이었다.

— 아뇨. 이제 괜찮습니다.
— 음…… 그렇군요.
— 당신이 내게 무의미하다는 말이 아니라, 이렇게나 갑갑한 세상에서 덕분에 잠깐의 개운함을 이미 경험했다는 말이지요.
— 저도 한때는 당신의 이야기로부터 그런 느낌을 받았

어요. 가슴에서 어렴풋이 박하향이 무르익는 기분이
랄까…….

그렇게 이어진 무질서한 대화의 흐름 속에서 끝내 내가
거머쥔 하나의 문장이 있었으니. 그것은 정돈되지 않
고, 갈 길을 몰라 허우적거리던 내 삶에 있어 '어떤'의
미들이 주는 거대한 깨달음이었다.

— 비록 사는 동안 아주 짧은 순간이었으나, 끝내 무아
  의 고독이라도 이룩한 것은 내 인생의 축복이라고
  말할 수 있겠군요. 당신의 인생에서 부디 모든 순간
  들이 동등한 가치를 지니고 있기를 기도하겠습니다.

146.

정신을 차리고 보니, 어느새 모닥불 앞에서 담요를 덮
고 있었다. 만약에 그녀가 나를 흔들어 깨우지 않았다
면 나 또한 영영 이방인으로 완결되지 않은 생을 떠돌
았으려나. 화장실로 가 젖은 외투를 대신할 마른 옷가
지들로 환복을 한 뒤, 따뜻한 스프를 한 숟갈 넘겼다.
그제야 새파랗게 질식해가던 내 입술이 조금씩 본래의
붉은빛을 되찾아가는 듯 했다. 창밖으로는 한층 더 거
센 눈보라가 휘몰아치고 있었다.

— 택시를 불러줄까요?

식당 종업원이 걱정스러운 눈빛으로 우리에게 물었다.
그 순간 천사와 악마가 나를 두고 내기를 벌이던 밤을
떠올랐다. 주변의 시간이 조금 느리게 흐르는 듯이 느
껴졌다. 창을 때리는 바람 소리만큼이나 망설임이 짙은

풍경이었다. 하지만 만약에 내가 여기에서 택시를 탄다면, 내가 내려놓았던 돌의 울음소리는 이 눈 속에서 마냥 짓눌려져 버릴 것이고, 아무도 모르게 눈시울을 붉혔던 이 길 위의 수많은 새벽이 영영 내게서 등을 돌려 버릴 것만 같은 기분이 들었다.

— 괜찮습니다. 저는 아직 더 걸을 수 있습니다.

141.

멀어진 친구야. 이제는 인생에서 가질 수 없는 게 있다
는 걸 제법 인정할 줄 아는 나이가 되어버린 것 같아.
어느 날, 문득 네가 우리 이제 친구를 그만두자고 말했
을 때 나는 너를 잃는다는 사실보다 '친구'라는 단어와
'그만둔다'라는 말 사이에 존재하고 있는 시간들을 펼쳐
보고 있었을 뿐이었지. 한 가지 분명한 건, 그렇게 아프
지 않았다는 사실이야. 확실히 우리는 세월을 지나오면
서 관계가 끊어질 때의 통증에 조금 둔감해진 것 같아.
너와 나 둘 모두가 말이야. 아주 외로운 날을 제외하면
대부분의 날들이 그럭저럭 지낼 만했던 것 같아. 하지
만 친구야. 가끔은 그렇게 생각이 난다. 너는 부디 나보
다 더 나은 어른이 되길 바란다. 소중한 사람을 위해 더
많이 아파하고, 더 많이 슬퍼할 수 있는 용기가 너에겐
가슴 깊이 일렁이기를 바라. 나는 그렇게 믿고 있어.

148.

따뜻한 차 한 잔이 인간에게 주는 의미는 무엇일까. 해묵은 감정들이 연기처럼 춤을 춘다. 어쩌면 향기란 천국에서 잠시 빌려온 깃털이 아닐까. 그 느낌 속에서나마 우리들이 날아오를 수 있도록. 성에가 낀 창가 앞에서 우리가 걸어온 발자국이 눈송이들로 지워져가는 모습을 감상하고 있다. 빠르게 사라져간다. 시간은 너무 많은 것들을 은폐하고 있다는 생각이 들 정도로. 아이 참, 너무 많이 잊어버린 것 같다. 소중했던 기억들이 사실은 내 안에 훨씬 더 많았던 것 같은데.

Es irrt der Mensch, solange er strebt

149.

침대에 누워 지도를 펼쳤다. 사리아 *Sarria* 로 향하는 두 갈래의 길을 보며, 어떤 길을 걸어야 할지 망설이고 있던 것은 더 쉬운 길이 아니라, 더 아름다운 길은 어떤 것일까에 대한 고민 탓이었다. 또다시 빗속에서의 사투. 특별히 그 시간을 힘들지 않게 만들어줄 수 있는 방법 같은 것은 없었다. 하지만 그저 마음을 내려놓고, 웅덩이 속에 발을 담글 용기만 있다면 조바심도, 망설임도 없이, 걸어갈 수 있었다. 출발한 뒤 몇 시간이 흘러 유연하게 이어진 산길을 지날 무렵, 나는 제시가 다리를 절뚝이는 모습을 발견했다. 아무래도 오늘 사리아까지 걷기에는 무리가 아닐까.

잠시, 빗줄기는 연해졌고 지친 우리 앞에 펼쳐져 있던 건 안개들 사이로 당당히 빛을 발하고 있던 커다란 무지개였다. 때로는 자연의 거대한 황홀함 앞에서 우리

생의 작은 사투들이 얼마나 덧없는 것이었는지에 대해 깨닫게 되는 것 같다. 그 빛의 다리는 내 맘에 고스란히 아로새겨졌다. 언젠가는 인생도 산보를 하듯 가뿐하게 살아갈 수가 있을까.

이국적인 낭만을 뒤로 한 채 이윽고 도착한 커다란 수도원에는 수백 개의 이층 침대들이 끝없이 나열되어 있었다. 그곳엔 우리 두 사람을 제외하곤 아무도 없었다. 군데군데 전등은 나가 있고, 먼지들은 너무 엉겨 붙어서 누군가의 그림자처럼 흔들리는 모습이었다.

친구는 무언가를 다짐했다는 듯이 말했다.

— 저기 님! 우리 그냥 사리아까지 가지 않을래?
— 사리아라면 여기에서 15키로미터는 더 걸리는데 괜

찮겠어?

— 응. 왠지 여기에서는 머물고 싶지 않은 느낌이 들어. 그냥 기분 탓이겠지만.

— 나도 마찬가지야. 금방이라도 유령이 나올 것 같지 않아?

— 여긴 할로윈 데이 파티장 같아. 다음에 호박 분장을 하고 다시 오는 게 좋겠어.

150.

+82 한국으로부터 날아온 고독예찬

— 너는 텍스트로 영화를 찍을 수 있는 유일한 사람이야.

주저앉아 있던 다리에 울컥 힘이 들어갔다.

Es irrt der Mensch, solange er strebt

새까만 밤의 중심에서 마침내 도시의 불빛이 보인다. 빗속에서 다리를 절면서도 목적지에 대한 감각이 있으니, 마음은 안도했다. 다리를 건너니 강물에 비친 가로등 빛이 달처럼 일렁였다. 그녀는 갖은 온화함이 깃들어 있을 것 같은 호텔 로비를 힐긋 바라보고는 곧장 고개를 돌려 가파른 계단으로 시선을 옮겼다.

— 오늘은 딱딱한 비명을 지르는 매트리스 말고 충분한 휴식을 청할 수 있는 곳에서 묵자.
— 하지만, 나는 이 길에서 편안함을 추구하려고 온 건 아니야⋯⋯ 고마워. 정말 괜찮아.
— 음, 스스로에게 너무 많은 짐을 지우지 않아도 돼. 때로는 우리를 지키려고 하던 행동들이 우리를 아프게 하는 일이 되기도 하거든. 가끔씩은 너에게 선물 같은 하루를 허락해도 되는 거야. 물론, 이 길 위에

서도 마찬가지고.

체크인을 하기 전, 잠깐 몸을 기댄 소파는 너무 폭신해서
그대로 곧장 시린 마음들이 눈 녹듯 해소되는 듯 했다.

— 우리는 큰 침대가 있는 방이 두 개 필요해요.

내 말이 끝나자마자 그 친구가 나를 말리려고 했다. 그
리곤 나에게 조그맣게 속삭였다.

— 그냥 2인실로 잡으면 되잖아. 굳이 따로 잡을 필요가
  있어? 우리 지금까지 줄곧 바로 옆 침대에서 잤다구.
  그리 불편하진 않을 거야.
— 음, 이건 눈물을 나눈 순례길 동지에게 주는 선물이
  야. 누구나 혼자만의 밤이 필요하잖아. 덩그러니 우

리에겐 스스로를 끌어안을 시간이 필요해.

152.

따뜻한 물로 샤워를 하고, 거울에 비친 내 모습을 보니 많이 야위었지만, 행복해 보이는 모습이었다. 그 순간 똑똑, 와인 한 병과 함께 등장한 그녀의 목소리에 제법 생기가 깃들어 있어 미소가 지어졌다. 내 플레이리스트 에서는 마침 영화 '기쿠지로의 여름'의 삽입곡—곡의 이 름은 *Summer*—이 낮게 울려 퍼지던 참이었다.

이 밤의 끝자락에서 상쾌한 음악과 한 잔의 와인, 같은 추억을 공유하고 있는 친구까지 모든 것이 한 자리에 펼쳐져 있다. 이렇게나 근사한 여유를 누리고 있으니, 실은 삶의 행복이란 이처럼 단순한 건가 싶은 생각이 나를 스치고 지나갔다. 헛똑똑이와 같이 그간 나를 사 랑하는 방법들을 너무 멀리에서만 찾고 있었던 건 아닐 까. 그 순간의 모든 분위기는 오래도록 기다려온 여름 방학처럼 나를 설레게 했다.

우리는 이름을 적은 종이를 주고받아 각자 이마에 붙여 놓고 자신이 누구인지 맞추는 게임을 했다. 그녀의 이마에는 지금 '드레이코 말포이*Draco malfoy*'라는 이름이 붙어 있다. 하지만 나는 누구일까. 평생을 찾아 헤맸는데, 어쩌면 오늘이 그걸 깨닫게 되는 날인 걸까?

윙가르디움 레비오우사!
어쩌됐든 가뿐하게 살고 싶다.

153.

산티아고를 얼마 남겨두지 않고 있다. 내 안에서 천사
와 악마가 또 나를 사이에 두고 중얼거린다.

— 자 이제 주문을 외우세요! '멈추어라 순간아! 너는
  정말 아름답구나!' 하고 말이에요.
— 주문을 외우면 뭐가 달라지는 건데요. 저는 스스로
  의 걸음과 의지로 산티아고에 도달할 거예요.
— 그럼 세상에 존재하는 모든 아름다운 비유를 그대
  손아귀에 안겨드리겠습니다.
— 그것 참 솔깃한 이야기네요. 하지만 그 주문을 외치
  면 제 영혼은 당신의 것이 되는 건가요?
— 일종의 계약입니다. 당신은 언어로 이루어낼 수 있
  는 모든 아름다움을 얻고, 저는 당신의 영혼을 얻고
  서로에게 유익한 결말이지요.
— 재미난 이야기지만 사양할게요. 스스로 느끼지 못한

감정 같은 게 얼마나 아름답게 표현되든 그게 사람
들 마음에 닿을 리 있겠어요? 아무튼 그래도 생각해
주셔서 고마워요.

악마의 얼굴에서 웃음기가 사라졌다.

— 당신은 그럼 평생을 일개무명 작가로 전락해서 살아
   가게 될지도 모릅니다. 그래도 괜찮은가요?
— 음, 딱히 전락이랄 게 있나요. 위선자가 되느니, 고
   독한 존재로 살아가는 편이 낫다고 생각해요. 제가
   꿈꾸는 시는 전부 다 알고 표현하는 게 아니라, 언어
   들로 이루는 작은 침묵이에요. 달콤한 고백보다는
   섬세한 고독을 나열하고픈 사람이에요 저는.

마침내 과거와 현재, 그리고 미래가 잠시 주춤하며 그

순간의 밀도에 사로잡힌 듯하다. 이 무질서한 서술 방식에 대해 독자들은 어떻게 받아들일까. 다만, 이것이 그 길을 걸은 어느 가여운 인간에겐 자신의 생애를 총괄하는 쓸쓸한 담론이었음을 이해해주기를 바란다. 서사와 인과관계를 떠나, 자기 안에서 오직 자유롭고 싶었던 불온한 존재가 있었음을 이해해주기를 바랄 따름이다.

154.

좋아한다는 말은 그냥 장식용이 아니야.

좋아하면 좋아한다고 말해야 해.

그래야 진짜 가치가 있는 거라고 그건.

머리로는 잘 되는데

말처럼 쉽지가 않다.

아니, 사실은 말하는 게 생각하는 것보다 어렵다.

155.

— 산티아고에는 무엇이 있을까요?

그곳에는 함성도, 축제도 없었다. 마지막까지 각자 자신의 걸음에 집중하고 있는 한 명의 방황하는 인간이 있을 뿐이었다. 마침내 산티아고 구시가지에 들어서자, 한 명의 순례자가 그간 신어왔던 신발을 벗어두고 맨발로 이 대지를 밟아나가는 장면을 목격했다. 그렇게 하나 둘, 자신의 피부로 직접 그곳의 땅 위를 거닐기 시작했고, 순례자들은 작은 골목들 사이를 어떤 굴레에서도 속하지 않은 자유로운 몸짓으로 유유히 나아갔다.

그것은 어떠한 벽이나, 장애물로도 멈출 수 없는 움직임이었다. 그저 묵묵히 스스로의 운명을 투과하는 행진이었다. 어떠한 물질과 관념도 지금 이 순간 산티아고에 도달한 순례자의 감정에 파도를 일으키지 못한다.

Es irrt der Mensch, solange er strebt

그들은 비로소 잔잔해진 물결이 되어 흘러갈 작정인 것이다.

타박타박, 오래된 거리가 나의 딱딱한 발바닥과 악수를 하며 황홀한 독백 속으로 나를 인도할 무렵, 나는 희망이란 것이 인간의 가슴에 어떻게 생겨났는지에 대해서 어렴풋이 느끼고 있었다. 그것은 그저 길과 같은 것이었다. 누군가 정해둔 것이 아니라, 살아가다 보니 어느새 내 안에서 자라난 풀꽃이었다.

사람들이 저마다의 미련, 꿈, 아픔, 애상, 사랑과 같은 마음을 품고 어딘가로 향할 때, 애초에 길이란 세계는 어디에도 존재하지 않았다. 그저 감정과 함께 나아갔기 때문에 길은 생겼고, 그 길이 우리를 다시금 희망이란 이름으로 인도하고 있는 것이다.

바라건대 내가 사랑하는 이들을 위하여 지금 이 순간, 내게로 스며드는 빛을 고스란히 언어로 번역해주고 싶었다. 대성당 앞으로 쏟아져 내려오던 그 한 줄기의 작은 빛을 나는 영원히 잊지 못할 것이다. 나는 그 빛의 색깔, 질감, 그리고 향기에 이르기까지 가능한 허락된 많은 것들은 내 안에 담아보려 노력했다.

빛은 희망이 없이는 살 수 없다고 말하지 않았다. 그저 살아가다 보면, 희망이 있다고 눈시울을 붉힐 뿐이다. 그것은 아주 작은 고요함이었다. 눈물과 미소가 동시에 나를 안아주는 내면의 아주 깊숙한 포옹이었다.

156.

항간에는 산티아고 순례자의 길을 처음부터 끝까지 완주한 사람들은 불에도 타지 않고, 물에도 젖지 않는 종이 속에 그 이름이 새겨진다는 소문이 돌기도 했습니다. 그 안에서 비로소 나라는 존재가 언제까지나 지워지지 않고 먼지 향을 가득 머금은 채로 빛 바래가겠지요. 문신처럼 각인된 장면들이 오래도록 제 삶을 향긋하게 추억할 것만 같습니다. 비로소 내가 책의 일부이자 전부가 된 것 같은 기분이 듭니다.

이제 이 길의 처음이자 마지막 질문에 대한 대답이 남아 있네요.

— 당신에게 이 길을 걷게 한 동기는 무엇이지요?

자신의 길을 걸어가고 있는 모든 이들에게 묻습니다.

— 당신의 동기는 무엇이지요?

Es irrt der Mensch, solange er strebt

지금까지의 삶에서 내가 이룩한 수많은 페르소나들, 지극히 개인적인 사생활과 타인에게 곡해될 수밖에 없었던 인간으로서의 무질서함들, 그 모든 것들도 이 찰나의 흐느낌 속에선 강물 위에서 유유자적 흘러가는 꽃잎일 뿐이다. 고독이든 고립이든, 끊임없이 나는 그저 존재하기 위하여 인생의 권태로움을 받아들일 것이다. 용감해지는 것이 아니라, 마땅히 권태로운 자아가 되어, 그 고단함을 내 삶을 사랑하기 위한 동기로서 설득해 나갈 것이다.

Es irrt der Mensch, solange er strebt

156.

우리가 만나기로 한 날,

한 권의 소설을 읽으면서 당신을 기다릴 거예요.

이야기를 이제 끝자락을 향해 가는데

당신은 내게 다가오고 있잖아요.

설명하기는 조금 힘든데, 그 느낌에 나를 허락하고 싶
어요.

산티아고에 가면 제가 원하는 걸 찾을 수 있을 줄 알았
거든요. 근데 그곳에 가까워질수록 묘한 두려움이 들더
라구요. 아직 내가 진정으로 무엇을 원하는지, 어떤 삶
을 살아가야 하는지에 대한 확신 같은 건 없었거든요.
그리고 마침내 산티아고에 도착했을 때에도 가슴 한 구
석에서는 흐릿하게나마 공허한 기운이 맴도는 걸 느낄
수가 있었어요. 텅 빈 곳을 채워줄 건 거기에도 없었던
거죠. 그래서 계속 걸었어요. 산티아고를 지나서, 대륙
의 끝까지 말이에요.

있잖아요. 옛 로마인들은 지구가 평평하다고 생각했대요.
그래서 그곳을 세상의 끝이라고 일컬었다고 하네요. 세상
의 끝까지 걸어갔어요. 그곳이 제 침묵의 발원지라고 다
짐하며 계속해서 나아갔어요. 그런데 있잖아요. 언제나
내가 원하는 건 나보다 한 발 앞서 있었고, 가지고 싶고 이

루고 싶은 것들은 전부다 미래에 있더라구요. 그게 얼마나 나 스스로에게는 커다란 짐이었는지 알면서도 어쩔 수 없다고 체념하고 살아왔던 것 같아요.

근데, 더 이상 걸을 수도 없는 세상의 끝에 당도해서, 마치 하늘과 바다가 이어져 있다는 착각이 들 정도로 드넓게 펼쳐진 풍경을 보고 있으니까요, 어느새 제가 아무것도 바라고 있지를 않더라구요. 텅 빈 채로 마냥 좋았어요.

그래서 말인데요 이따금 고매한 눈동자로 빈곳에 무언가를 쓰고 있다면 그것으로도 나쁘지 않은 삶인 것 같아요. 이제야 알았어요. 행복의 참된 모습은 원하는 걸 다 가지는 것이 아니라 더는 바랄 게 없는 순간이라는 걸요.

160.

텅 빈곳에 활자를 적는 사람이고 싶습니다.
언젠가는 당신의 공허함 속에서도
내가 그대를 많이 좋아한다고,
서툰 글씨로 정성스레 적어둘 거예요.

+33 파리친구에게 쓰는 편지.

아아, 우리에게 그 시간은 참으로 유쾌한 산보와도 같
지 않았나요. 같이 산책을 경험한 사람들은 오래오래
가슴에 기억되는 것 같아요. 보폭을 맞추어 걸을 수 있
다는 건, 참 좋은 뜻이겠죠. 덕분에, 파리 곳곳을 돌아
다니면서 아직 채 가시지 않은 여행의 여운을 다독여
줄 수가 있었습니다. 일상의 영역을 벗어난 곳에서 오
랜 벗을 만나 편안하게 대화를 나눌 수가 있다는 것이
아직 설익지 못한 제 근심을 내려놓는 데 큰 도움이 되
었던 것 같아요. 아참, 무릎의 멍은 좀 괜찮나요? 하지
만 다친 곳은 시간이 지나면 조금씩 괜찮아질 거예요.
어쩌면 그보다 중요한 건 당신의 외로움을 모른 척하지
않는 거겠죠. 고맙습니다. 다음에 또 같이 골목을 걷고
서점에서 대화를 나누어요.

추신— 제 어색한 성대모사에 그렇게 크게 웃어준 사람은 흔치 않습니다. 다음에 또 재미난 대사들을 준비해 갈 테니, 기대해주세요.

162.

구름에 달빛마저 가려진 희미한 밤 속에서 인간은 스스
로의 슬픔에 더 가까이 다가선다. 화려한 웃음과 야단
스러운 몸짓보다 어둑하고 초라한 눈매 속에서 비로소
서로의 마음이 마주보듯이.

163.

아아, 그리운 내 방. 잠시 소파에 앉아 멍하니 지난 시
간을 돌아보니 그저 한편의 동화 속을 산책하고 돌아온
것 같다. 배낭을 열자, 길 위에서는 느끼지 못했던 이국
적인 향기와 추억들이 은은하게 펼쳐졌고 틈틈이 써내
려갔던 노트 위 문장들은 갑작스런 소나기와 외로운 밤
속에서도 굳건히 그 자리에서 나를 기다려주고 있었다.

간절하게 내 삶의 아름다운 한 시절을 여행했다. 하지
만 무엇이 그토록 절실했던 걸까. 그리하여 다시금 이
익숙한 자리에 기대어 스르륵 내게 밀려오는 한낮의 졸
음을 느끼고 있으니 마치 인생의 자비로움 속에 방금
막 도착해서는 지난 시간들을 잔잔하게 흥얼거리는 듯
한 기분이 든다. 마침내 길었던 비행의 시간을 뒤로하
고 지면에 두 발을 온전히 내딛은 존재처럼.

하지만 이 평온이 언제나 이토록 맑게 유지되지는 않을 것이다. 두렵지 않다면 거짓이겠지만 나는 이제 그 불안 또한 내 젊음의 소중한 증인이라는 사실을 실감하기에 이르렀다. 이따금씩 나는 또 여행을 떠날 것이고, 막연한 기대에 젖을 것이다. 꿈을 꾼 것 같은 기분이다. 어딘가 모르게 외롭고 아주 달콤한 꿈이었다.

에필로그

이대로라면 영영 휴재할 수밖에는 없겠다. 그런 불안함
이 나를 감싸고 돌았습니다. 떠나고 싶었지만, 떠난다
는 것 자체에도 너무 큰 용기가 필요한 까닭에 먼 길을
둘러가야 했습니다. 매일 길을 잃었습니다. 이정표가
있다고 해서, 마냥 올바른 길만을 걸을 수 있는 건 아니
더군요. 애초에 길눈이 어두운 사람인 탓이지만, 때로
는 잘못 들어선 길에서 아름다운 꽃향기도 맡아보았고,
따뜻한 친구를 만나기도 했으며, 잊고 있던 자기 자신
을 안아줄 수도 있었던 것 같습니다.

시와 사랑 그리고 음악과 사색은 저를 미지의 세계로
인도하는 문이었습니다. 학업을 끝내고 난 이후의 삶은
오직 허공에 시를 끄적이는 일이 전부였던 것 같습니
다. 무엇보다 그 일을 사랑했습니다. 그리고 깨달았습
니다. 사랑하는 일이란 기쁨과 환희로만 구성된 세계가

아니라, 비애와 탄식이 함께 어울려 있는 불온전한 화음이라는 것을 말이지요.

그리하여 이 책의 제목을 '오늘만은 나랑 화해할래요'라고 정해보았습니다. 이 이야기는 사랑하기에 너무 즐거웠고, 오직 사랑이기에 너무 아팠던 시간들에 대한 서술입니다. 그 아래에는 괴테의 문장— 희곡 파우스트에서 신이 악마에게 고하는 대사—을 인용하여 부제목을 달았습니다. *Es irrt der Mensch, solange er strebt.* 인간은 노력하는 한 방황한다.

그 노력과 방황이 오직, 자기 자신으로 존재하며 스스로와 화해할 수 있는 시간이길 바라는 마음을 담아보고 싶었습니다. 순례자의 길을 걸으면서 최대한 나에게만은 솔직한 시간을 보내자고 다짐을 했고, 매일 새롭게 벌어지는 사건 속에서도 그날그날의 마땅한 행복을 발견해내기 위해 애정으로 나의 하루를 쓰다듬어 보았습니다.

데미안을 그리워하는 싱클레어를 만났고, 혼자서 울고 있는 요조를 만났습니다. 들판에서 낚시를 하고 있는 노인과 대화를 나누고, 천사와 악마의 달콤한 기도를 품은 채로 그 길을 걸었습니다. 자정 무렵, 연설을 하는 차라투스트라와 악수를 나누기도 했고, 하릴없이 거니는 소설가 구보씨, 그리고 박제가 되어버린 천재를 만나 한 식탁에서 밥을 먹기도 하였습니다. 어느 날은 새파랗게 온기를 잃은 얼굴로 정확하게 슬퍼하고 싶은 이방인을 안아주기도 하였지요. 그 모든 만남과 사색들은 여전히 제 안에서 살아가고 있습니다.

아무것도 끝나지 않았습니다. 저는 다시 시작해볼 작정입니다. 이 결말은 제 인생의 반환점이지요. 나는 꼭 완주하고 싶습니다. 마침내 단어가 될 것이고, 싱그러운 문장이 되어 사랑하는 이의 가슴 속에서 봄날의 햇살처럼 흩어지고 싶습니다. 이제야 나는 시가 무엇인지 조금은 알 것도 같습니다. 나는 사랑할 것이고 눈물을 흘릴 것이고 또 안아줄 겁니다. 처음부터 다시.

어쩌면 사랑은 자신을 에워싸던 껍데기를 내려놓고

비로소 초라한 인간으로 서 있는

그 순간에 시작되는 것이 아닐까.